centopaginemillelire

69

In copertina: Arnold Böcklin, *L'isola dei morti*, 1880

Titoli originali: *The Body-Snatcher*, traduzione di Massimiliana Brioschi
(su licenza della Garden Editoriale)
Thrawn Janet, The Merry Men, traduzioni di Riccardo Reim

Prima edizione: aprile 1993
Tascabili Economici Newton
Divisione della Newton Compton editori s.r.l.
© 1993 Newton Compton editori s.r.l.
Roma, Casella postale 6214

ISBN 88-7983-170-4

Stampato su carta Tambulky della Cartiera di Anjala
distribuita dalla Fennocarta s.r.l., Milano
Copertina stampata su cartoncino Perigord Mat della Papyro S.p.A.

Robert Louis Stevenson

Il ladro di cadaveri
Janet la storta
I Merry Men

Introduzione di Riccardo Reim

Tascabili Economici Newton

Introduzione

Scriveva Gilbert K. Chesterton a proposito del talento pro-rompente e frastornante di Stevenson che «egli ebbe a soffrire della propria versatilità, non perché riuscì abbastanza bene nei generi più diversi, ma perché, nei generi più diversi, riuscì troppo bene. Capace di realizzare il proverbiale miracolo di essere in cinque posti ad un tempo, portò gli altri a credere che fosse cinque diverse persone»[1]. Diversi anni dopo, riprendendo l'osservazione di Chesterton, Emilio Cecchi notava: «Sta di fatto che, completamente in alcuni suoi libri, [...] saltuariamente in altri, tutte le cinque, sette o otto persone di Stevenson: il ragazzo, il cockney, il letterato, il pirata, il puritano, si riabbracciavano fraternamente e ridiventavano una. E ciò fu, per l'appunto, nei luoghi più semplici dei libri abili e versatili, quando non fu nei più semplici di tutti i suoi libri. In realtà, uno scrittore ricchissimo come lui di senso del romanzo, in qualche modo poteva peccare di eccesso romanzesco se, con tutta la sua scaltrezza e la sua facoltà di dare alle immagini la positività di un documento, si metteva a organizzare un romanzo. Senza contare che, per lui così dotato, la vita vissuta era stata, fin dal principio, straordinaria come il più incredibile dei romanzi»[2].

È stato detto da molti che la migliore invenzione stevensoniana fu Stevenson stesso, il «vittoriano ribelle», il vagabondo e, talvolta, il poseur. *Certo, i suoi «vagabondaggi» — soprattutto negli anni giovanili — risulterebbero, a segnarli su una carta geografica, assai più complicati ed estesi di quelli di David Balfour[3], ma è ancora Chesterton a puntualizzare che «questo pellegrinaggio a zig-zag, [...] questo diagramma, per*

[1] G. K. Chesterton, *R. L. Stevenson*, Londra 1921.
[2] E. Cecchi, «R. L. Stevenson ieri e oggi», Introduzione a R.L. Stevenson, *Romanzi e racconti*, Casini, Roma, 1950.
[3] Nome del protagonista di *Kidnapped*, romanzo pubblicato da Stevenson nel 1886.

così dire, era solo un continuo spostamento da un ospedale all'altro», aggiungendo subito dopo: «Il ritratto che fa di se stesso, vagabondo su una strada in inverno con le dita livide dal freddo, è senz'altro un ritratto ideale: era proprio questa la libertà che non riuscì mai ad avere. Poteva solo spostarsi da un luogo all'altro; o persino da un'avventura all'altra. C'è una strana precisione nella semplicità di un suo verso infantile che dice: "Il mio letto è come una barchetta". In tutte le sue svariate esperienze, il suo letto era una barca e una barca il suo letto»[4].

Stevenson ricercava e inseguiva la salute che non ebbe mai, fin dall'infanzia: tutti i suoi viaggi sono in qualche modo collegati sia allo stato della sua salute sia alla vivacità del suo temperamento. Il letto una barca e una barca il letto, per l'appunto: l'Europa, l'America, i mari del Sud, le albe e i tramonti, le brughiere, gli aranceti della California trascorrono nelle pagine di Stevenson come i sogni (o forse gli incubi?) di un ragazzo che lascia vagare lo sguardo sulla parete bianca della sua camera: quella parete è il mondo e il mondo sarà sempre quella parete, con la stessa facilità e lo stesso incanto: «Dal tempo in cui fanciullo si arrampicava sulle rocce di Painted Hill per guardare al di là delle isole dello stretto di Forth, a quando dei selvaggi alti e neri, coronati di fiori rossi, lo portarono in cima alla montagna sacra, lo spirito di questo artista ha abitato, e continua ad abitare, i luoghi più belli della terra. Fino all'ultimo aveva gustato questa bellezza con bruciante sensibilità; e non è uno scherzo, nel suo caso, dire che avrebbe voluto venire al suo funerale»[5].

In quella «barchetta» che era il suo letto Stevenson nel 1886 sognò in una terribile notte d'incubo (e scrisse d'un fiato in tre soli giorni) The Strange Case of Dr. Jekyll and Mr. Hyde, *sorta di «proverbio letto alla rovescia»[6] che sta a dimostrare non la possibilità di scindersi dalla propria coscienza, bensì, al contrario, la totale impossibilità di dividersi in due.*

---

[4] Per questa e per la citazione precedente vedi nota 1.
[5] Vedi nota 1.
[6] Vedi O. Volta, «Introduzione» a R.L. Stevenson, *Lo strano caso del Dr. Jekyll e di Mr. Hyde,* in *Frankenstein & Company,* Sugar, Milano 1964.

Nella prima parte della storia, come osserva David Punter[7], si avanza l'ipotesi che qualcosa di non detto *possa risuscitare dal passato a reclamare Jekyll:* «Da giovane era un tipo turbolento; parliamo di tanto tempo fa, ma la legge divina non conosce cadute in prescrizione. Già, dev'essere così: lo spettro di qualche colpa passata, il cancro di qualche segreta vergogna; ed ecco giungere la punizione, pede claudo, dopo che la memoria ha dimenticato da anni e l'amor proprio ha perdonato il fallo»[8]. *Anche il reverendo Soulis di* Thrawn Janet *viene reclamato dal* non detto *e sottoposto a* «una prova assai dura»: *l'orribile cadavere vivente, alla fine, avanza letteralmente* pede claudo *verso la sua vittima, finché non sarà proprio la mano giustiziera del Signore a* «colpire l'Orrore lì dove si trovava»; *e al protagonista di* The Body-Snatcher *non si vedono in faccia* «rum e peccati»? *E* The Merry Men *non è forse la storia dell'ossessione di un rimorso dove, nell'allucinata conclusione, le cose divengono* «decreti di Dio» *e sono* «fuori dalle mani dell'uomo»?... *Il lato* «notturno» *di Stevenson è una specie di dato caratteriale che accomuna tutte le* «persone» *che egli fu, facendone riconoscere la stretta parentela: si pensi alla voce spettrale che si leva improvvisa presso la tomba in* Treasure Island; *all'*allarmante campanello del lebbroso in The Black Arrow; *al gemito delle sirene in* The Beach of Falesa, *al diabolismo che permea ogni pagina del* Master of Ballantrae... *Lo scrittore non rinnega, anzi, fa sua la lezione di Walter Scott fin nell'uso del linguaggio* «basso» *(basterà ricordare il famoso* Wundering Willie's Tale, *vero banco di prova per chiunque abbia voluto cimentarsi nello stesso genere), riuscendo a rendere l'orrore quasi reale e palpabile attraverso una serie di minimi particolari resi con straordinaria sobrietà: l'angoscioso inseguimento sulla spiaggia con cui termina* The Merry Men; *le scosse del calesse e la pioggia scrosciante che modella e fa affiorare il corpo trasportato nel sacco in* The Body-Snatcher; *il sottile* «filo di lana ritorta» *appeso a un chiodo da cui penzola, assurdamente,*

---

[7] Vedi a questo proposito D. Punter, *The Literature of Terror. A History of Gothic Fictions from 1765 to the Present Day,* Londra, 1980 (trad. it. *Storia della letteratura del terrore. Il «gotico» dal Settecento ad oggi,* Editori Riuniti, Roma 1985).

[8] R.L. Stevenson, *The Strange Case of Dr. Jekyll and Mr. Hyde,* cap. II.

il corpo deforme della vecchia in Thrawn Janet, *giudicato da molti uno dei racconti più belli di Stevenson, un piccolo gioiello di quel «realismo irreale» in cui lo scrittore dà il meglio della sua arte, difficilmente uguagliabile per potenza e concisione*[9].

RICCARDO REIM

---

[9] Vedi a questo proposito M. R. Ridely, «Introduction» a R.L. Stevenson, *Dr. Jekyll and Mr. Hyde and Other Tales,* Londra 1980.

Nota biobibliografica

CRONOLOGIA

1850. Il 13 novembre nasce a Edimburgo Robert Louis Balfour Stevenson, unico figlio dell'ingegnere Thomas Stevenson e di Margaret Isabel Balfour. Il bambino si rivela subito cagionevole di salute, e durante l'infanzia e l'adolescenza si troverà più volte in pericolo di vita.

1866 Pubblica *The Pentland Rising, a Page of History*.

1871-75. Viene avviato agli studi di ingegneria e ottiene un premio per uno studio su alcuni miglioramenti da introdursi nel servizio dei fari, ma la sua debole costituzione non gli consente di dedicarsi alla professione di ingegnere. Si dedica quindi agli studi giuridici, che completa nel 1875, pur non esercitando mai di fatto l'avvocatura.

1876. Terminati gli studi, S. si dedica completamente alla letteratura e viaggia a lungo per l'Europa. A Fontainebleau incontra Mrs. Osbourne, che più tardi diventerà sua moglie. Intraprende un giro in canoa attraverso il Belgio e la Francia, che più tardi gli fornirà lo spunto per il suo scritto *An Inland Voyage*.

1878-79. Ancora viaggi, descritti poi in *Travels with a Donkey in the Cevennes*. Riceve la notizia che Mrs. Osbourne (che nel frattempo aveva fatto ritorno in California) è gravemente ammalata e per raggiungerla, trovandosi privo del denaro necessario per il viaggio, non esita a imbarcarsi con gli emigranti.

1880. S. sposa Mrs. Osbourne e si trasferisce per qualche tempo in un accampamento di minatori, che più tardi gli servirà da cornice per *The Silverado Squatters*. Nello stesso anno fa ritorno in Scozia con la moglie e il figliastro. Le sue precarie condizioni di salute, minato com'è dalla tisi, gli impongono un lungo soggiorno a Davos.

1881-82. Escono *Virginibus Puerisque, New Arabian Nights, Familiar Studies of Men and Books*, che raccolgono tutti i saggi, i racconti e gli studi che S. aveva pubblicato negli anni precedenti su vari giornali e riviste. Pubblica *The Sea-Cook*, l'opera che nella stesura definitiva prenderà il titolo di *Treasure Island*. Sempre per motivi di salute, si trasferisce nella Francia meridionale, nell'isolotto di Hyères.

1883. Pubblica *The Silverado Squatters* e *Treasure Island*, il romanzo di avventure che lo renderà celebre. Scrive *The Black Arrow: a Tale of the Two Roses*, che però verrà pubblicato più tardi, nel 1888.

1884. Rientra in Inghilterra e si stabilisce a Bournemouth.

1885. Escono *Prince Otto, The Child's Garden of Verses, More New Arabian Nights*.

1886. S. pubblica *The Strange Case of Dr. Jekyll and Mr. Hyde*, consacrando definitivamente la sua fama, e *Kidnapped*, romanzo storico di ambientazione scozzese sulla scia della tradizione di Walter Scott.

1887. Si imbarca il 17 agosto per New York e per circa un anno soggiorna in varie località degli Stati Uniti. Pubblica, tra le altre cose, *The Merry Men* e scrive *Pulvis et Umbra*, uno dei suoi migliori saggi.

1888. Il 28 giugno si imbarca per una crociera sul Pacifico. Visita molte isole e soggiorna per sei mesi a Honolulu.
1889-90. Esce *The Master of Ballantrae*. S. sbarca per la prima volta nelle isole Samoa e nel 1890 si stabilisce definitivamente a Vailima, dividendo il suo tempo tra la cura di una piccola azienda agricola, l'assistenza agli indigeni e il mestiere di scrittore.
1892. Pubblica *The Wrecker*, scritto in collaborazione con Lloyd Osbourne.
1893. Pubblica *Island Nights' Entertainments, War in Samoa* e *Catriona*, dove prosegue la narrazione delle avventure di David Balfour, il protagonista di *Kidnapped*.
1894. Pubblica, nel settembre, *The Ebb-Tide*, anche questo scritto in collaborazione con Lloyd Osbourne. È l'ultimo suo libro che S. vede stampato: nel dicembre di quello stesso anno lo scrittore muore improvvisamente, stroncato da un colpo apoplettico. Viene sepolto sul monte Vaea, la vetta più alta dell'isola, secondo i suoi desideri. Morendo lascia incompiuto *Weir of Hermiston*, romanzo di ambientazione scozzese, che verrà pubblicato postumo nel 1896.

OPERE

The Pentland Rising, a Page of History (1866)
The Charity Bazaar, an Allegorical Dialogue (1868)
An Appeal to the Church of Scotland (1875)
An Inland Voyage (1878)
Picturesque Notes on Edinburgh (1879)
Travels with a Donkey in the Cevennes (1879)
Deacon Brodie, or the Double Life (1880)
Not I, and other Poems (1881)
Virginibus Puerisque (1881)
Familiar Studies of Men and Books (1882)
Moral Emblems (1882)
New Arabian Nights (1882)
Treasure Island (1883)
The Silverado Squatters (1883)
Admiral Guinea (1884)
Beau Austin (1884)
Prince Otto (1885)
A Child's Garden of Verses (1885)
More New Arabian Nights: Thè Dynamiter (1885)
Macaire (1885)
The Strange Case of Dr. Jekyll and Mr. Hyde (1886)
Kidnapped (1886)
Some College Memoires (1886)
The Merry Men, and Other Tales and Fables (1887)
Underwoods (1887)
Thomas Stevenson Civil Engineer (1887)
Memoires and Portraits (1887)
Ticonderoga: a Poem (1887)
Memoir of Fleeming Jenkin (1887)
The Black Arrow: a Tale of the Two Roses (1888)
Misadventures of John Nicholson (1888)
The Master of Ballantrae (1889)
The Wrong Box (1889)
Ballads (1890)
Father Damien (1890)

The South Seas (1890)
The Wrecker (1892)
Across the Plains (1892)
A Footnote to History (1892)
Island Nights' Entertainments (1893)
War in Samoa (1893)
Catriona (1893)
A Trio and Quartette (1894)
The Ebb-Tide (1894)

Opere postume:
Vailima Letters (1895)
The Amateur Emigrant (1895)
Four Plays (1895)
Fables (1896)
Weir of Hermiston (1896)
Songs of Travel (1896)
Familiar Epistles in Prose and Verse (1896)
St. Ives (1898)
Letters to his Family and Friends (1899)
In the South Sea (1900)
Essays of Travel (1905)
Essays in the Art of Writing (1905)
Lay Morals (1911)
Records of a Family of Engineers (1912)
The Hanging Judge (1914)
Deacon Brodie, Admiral Guinea, Beau Austin, Robert Macaire furono scritti in collaborazione con W. E. Henley; *More New Arabian Nights* e *The Hanging Judge* in collaborazione con la moglie Fanny; *The Wrong Box, The Wrecker, The Ebb-Tide* in collaborazione col figliastro Lloyd Osbourne; *St. Ives* venne portato a termine da A.T. Quiller-Couch.

CENNI BIBLIOGRAFICI

La migliore edizione completa e annotata delle opere di Stevenson è la «Tusitala Edition», *Works*, Londra, Heinemann 1923-27, in 35 voll.; buone anche la «Swanston Edition», a cura di A. Lang, Londra, Chatto & Windus 1911-12, nonché l'edizione dei *Works* curata da L. Osbourne e F. Stevenson, Londra, Heinemann, 1922-23, corredata da un ricco apparato iconografico.

Tutte le opere di Stevenson sono ampiamente ristampate e reperibili in numerose edizioni. Anche nel nostro paese la fortuna dello scrittore non ha mai, o quasi, conosciuto arresti o flessioni. Tra le edizioni italiane delle opere: *Romanzi e racconti*, intr. di E. Cecchi, Roma 1950; *Tutte le opere*, intr. di S. Rosati, Milano 1967; *Romanzi, racconti e saggi*, a cura di A. Brilli, Milano 1982.

Tra gli studi a carattere biografico: R. Aldington, *Portrait of a Rebel: the Life and Works of R.L. Stevenson*, Londra 1957 (trad. it. *Ritratto di un ribelle, vita e opere di R. L. Stevenson*, Milano 1963); D. Daiches, *Robert Louis Stevenson*, Glasgow 1947; J.C. Furnas, *Voyage to Windward: the Life of R.L. Stevenson*, Londra 1952; G.B. Stern, *R.L. Stevenson*, Londra 1961; L. Cooper, *R.L. Stevenson, a Pictorial Biography*, Londra 1969.

Tra i numerosissimi studi critici: M. Elwin, *The Strange Case of R.L. Stevenson*, Londra 1950; D. Daiches, *Stevenson and the Fiction of Adventure*, Cambridge (Mass.) 1964; E.M. Eigner, *R.L. Stevenson and Romantic Tradition*, Princeton

1966; J.P. Hennessy, R.L. Stevenson, Londra 1974; M. Lascelles, *The Story-Teller Retrives the Past: Historical Fiction and Fictitious History in the Art of Scott, Stevenson, Kipling,* Oxford 1980; A. Noble, *R.L. Stevenson,* Londra 1983.

Tra i contributi italiani: M. Praz, «Successo di Stevenson», in *Cronache letterarie anglosassoni,* vol. ɪ, Roma 1950; E. Cecchi, «Introduzione» a R.L. Stevenson, *Romanzi e racconti,* Roma 1950; M. Praz, «Weir of Hermiston», in *Saggi di letteratura e arte,* Milano 1952; C. Pavese, «R.L. Stevenson» in *La Letteratura americana e altri saggi,* Torino 1953; G. Manganelli, «Introduzione» a *Il signor di Ballantrae,* Torino 1965; S. Rosati, «Introduzione» a *Tutte le opere,* Milano 1967; E. Giachino, «Introduzione» a *Il principe Otto,* Milano 1968; I. Calvino, «Introduzione» a *Il padiglione sulle dune,* Torino 1973; G. Bonacina, «Introduzione» a *Il meglio di Stevenson,* Milano 1973; F. Binni, «Introduzione» a *Il Master di Ballantrae,* Milano 1974; M. d'Amico, «Introduzione» a *Il principe Otto,* Milano 1982.

La Newton Compton ha pubblicato in questa stessa collana: *Il Dr. Jekyll e Mr. Hyde,* a cura di Vieri Razzini, 1993[2].

Il ladro di cadaveri

Tutte le sere dell'anno, nella saletta del *George* a Debenham, c'eravamo noi quattro: l'impresario di pompe funebri, l'oste, Fettes e io. A volte c'era anche qualcun altro; ma, vento, pioggia, neve o grandine che fosse, noi quattro eravamo sprofondati ognuno nella sua poltrona particolare. Fettes era un vecchio scozzese ubriacone, ed evidentemente un uomo istruito e con qualche proprietà, dato che viveva da ignavo. Era arrivato a Debenham anni prima, ancora giovane, e poiché aveva continuato a viverci ne era diventato cittadino d'adozione. Il suo pastrano di cammello blu era un monumento locale quanto il campanile della chiesa. A Debenham erano diventati tradizione la sua presenza nel salotto del *George,* l'assenza dalla chiesa, l'intemperanza e i vizi radicati e disdicevoli. Aveva vaghe opinioni radicali e fugaci infedeltà, che di quando in quando asseriva e rafforzava picchiando sul tavolo un palmo tremulo. Beveva rum, tutte le sere regolarmente cinque bicchieri; e se ne stava seduto, col bicchiere nella mano destra, in uno stato di malinconica saturazione alcolica, per la maggior parte della serata. Lo chiamavamo dottore perché pareva avere particolari conoscenze di medicina e, a volte, solo per farsi offrire da bere, riduceva una frattura o una lussazione; ma, al di là di questi dettagli vaghi, non sapevamo nulla del suo carattere e dei suoi precedenti. Una scura notte d'inverno — erano scoccate da un po' le nove quando l'oste si unì a noi — al *George* ci fu un malato, un grosso proprietario dei dintorni colpito all'improvviso da apoplessia sulla strada per il Parlamento; e si telegrafò per far accorrere al capezzale del grand'uomo il suo ancor più grande dottore di Londra. Era la prima volta che accadeva una cosa del genere a Debenham, perché la ferrovia era entrata in funzione da poco; eravamo tutti adeguatamente eccitati.

«È arrivato» disse l'albergatore, dopo aver riempito e acceso la pipa.

«Chi?», dissi io. «... non il dottore?»

«In persona» rispose il nostro oste.

«Come si chiama?»

«Dottor Macfarlane», disse l'albergatore.

Fettes stava per finire il terzo bicchiere, era instupidito, di tanto in tanto gli ricadeva il capo o fissava perplesso intorno a sé; ma all'ultima parola sembrò svegliarsi, e ripeté il nome «Macfarlane» due volte, abbastanza tranquillamente la prima, la seconda volta con un'emozione improvvisa.

«Sì», disse l'oste, «quello è il nome: dottor Wolfe Macfarlane.»

Fettes tornò sobrio all'istante; spalancò gli occhi, la voce gli divenne chiara, forte e ferma, la parlata efficace e decisa. La trasformazione stupì tutti, come se un uomo fosse resuscitato dai morti.

«Vi chiedo scusa», disse «temo di non aver prestato molta attenzione ai vostri discorsi. Chi è questo Wolfe Macfarlane?»

E ascoltate di nuovo le parole dell'oste: «Non può essere, non può essere», aggiunse, «eppure, vorrei proprio vederlo faccia a faccia.»

«Lo conoscete, dottore?», domandò sorpreso l'impresario di pompe funebri.

«Dio me ne guardi!», fu la risposta. «Eppure il nome è abbastanza strano; sarebbe davvero una coincidenza se ce ne fossero due. Ditemi, oste, è vecchio?»

«Be'», rispose l'oste «non è un giovanotto, questo è certo, e ha i capelli bianchi; ma pare più giovane di voi.»

«Però è più vecchio di parecchio. Ma», battendo il palmo sul tavolo, «è il rum che mi vedete in faccia, rum e peccati. Quest'uomo avrà forse la coscienza tranquilla e una buona digestione. Coscienza! Statemi a sentire. Credete che sia stato un buon, vecchio morigerato cristiano? Ma no, non io; non sono mai stato un bacchettone. Lo sarebbe stato Voltaire, nei miei panni; ma il cervello», si diede colpetti rapidi sulla testa calva, «il cervello era chiaro e attivo, eppure ho visto e non ho tratto deduzioni.»

«Se conoscete questo dottore», mi azzardai a rimarcare

dopo una pausa alquanto penosa, «mi pare di capire che non condividete la buona opinione dell'oste.»

Fettes non mi diede retta.

«Sì», disse, con improvvisa decisione, «devo vederlo faccia a faccia.»

Ci fu un'altra pausa e poi, piuttosto bruscamente, al primo piano si chiuse una porta e si udirono dei passi sulle scale.

«Quello è il dottore», gridò l'oste. «Fate svelto e lo raggiungerete.»

Non c'erano che due passi tra la saletta e la porta della vecchia locanda del *George;* l'ampia scalinata di quercia finiva quasi nella strada, tra la soglia e l'ultima curva in discesa c'era spazio per un tappeto turco e nient'altro, ma ogni sera questo piccolo spazio era brillantemente illuminato, non solo dalla luce delle scale e dalla grande lampada sotto l'insegna, ma anche dal caldo splendore proveniente dal locale del bar. Così brillantemente il *George* si reclamizzava ai passanti della gelida via. Fettes vi si diresse con passo fermo, e noi, rimasti indietro, osservammo i due uomini incontrarsi, come aveva detto uno di loro, faccia a faccia.

Il dottor Macfarlane era agile e vigoroso. I capelli bianchi gli mettevano in risalto i tratti energici, anche se scialbi e placidi. Era abbigliato riccamente del miglior panno nero e della biancheria più fine, con una grossa catena d'oro all'orologio e occhiali e bottoncini dello stesso prezioso materiale. Indossava una cravatta morbida, bianca con puntolini lilla, e teneva sul braccio un comodo cappotto da viaggio di pelliccia. Non c'era dubbio che portasse bene i suoi anni, con quell'aria di ricchezza e considerazione; e faceva un contrasto sorprendente vedere il nostro ubriacone inveterato, calvo, sudicio, pustoloso, avvolto nel suo vecchio pastrano di cammello, affrontarlo ai piedi delle scale.

«Macfarlane», disse a voce piuttosto alta, più come un banditore che come un amico.

Il grande dottore si fermò di botto sul quarto scalino, quasi che la familiarità del richiamo avesse sorpreso e in qualche modo scosso la sua dignità.

«Toddy Macfarlane!», ripeté Fettes.

Il londinese barcollò quasi. Fissò per un infinitesimo di secondo l'uomo che gli stava davanti, si guardò alle spalle con una specie di spavento, poi, in un sussurro stupefatto: «Fettes!», disse, «Voi!».

«Già», disse l'altro, «io! Credevate che anch'io fossi morto? Non è così facile liberarci l'uno dell'altro.»

«Zitto, zitto!», esclamò il dottore. «Zitto zitto! È così inatteso questo incontro... vedo che siete solo. Vi ho riconosciuto a stento dapprima, lo confesso; ma sono molto felice... molto felice di questa occasione. Per il momento debbo dirvi ''come state'' e ''addio'' tutto in una volta perché mi attende il calesse e non posso perdere il treno; ma voi... vediamo... sì... datemi il vostro indirizzo e riceverete presto mie notizie. Dobbiamo fare qualcosa per voi, Fettes. Temo che siate un po' a corto; ma provvederemo per amore del buon tempo antico, come una volta cantavamo a tavola.»

«Denaro!», gridò Fettes. «Denaro da voi! I soldi che mi avete dato giacciono dove li ho gettati nella pioggia.»

Parlando, il dottor Macfarlane era riuscito a riprendere un po' del suo tono di superiorità e sicurezza, ma l'insolita energia di questo rifiuto lo fece ripiombare nella confusione.

Apparve e gli attraversò i tratti quasi venerabili un'espressione orrenda, crudele. «Mio caro», disse, «sia come volete; la mia ultima intenzione è quella di offendervi. Non voglio forzare nessuno. Vi lascerò il mio indirizzo, comunque...»

«Non lo voglio... non desidero sapere qual è il tetto che vi alberga», lo interruppe l'altro. «Ho udito il vostro nome; ho temuto che foste voi; desideravo sapere se, dopo tutto, c'è un Dio; ora so che non ce n'è alcuno. Andate via!»

Restò immobile al centro del tappeto, tra le scale e la porta; e il gran medico di Londra, per fuggire, fu costretto a passare di lato. Fu evidente che aveva esitato al pensiero di una simile umiliazione. Era pallidissimo, e dietro i suoi occhiali c'era uno scintillio pericoloso; ma, mentre ancora sostava incerto, si accorse che il conducente del calesse, dalla strada, sbirciava l'insolita scena e, con un'occhiata alla saletta, scorse il nostro gruppetto riunito nell'angolo del bar. La presenza di tanti testimoni lo decise a una fuga immediata. Si riprese, passò la mano sul panciotto, e scattò come un serpente puntando alla porta. Ma le sue tribolazioni non erano finite del tutto, perché, mentre lo superava, Fettes gli afferrò il braccio e udimmo un sussurro penosamente chiaro: «Lo avete visto di nuovo?».

Il ricco, grande dottore di Londra mandò un grido acuto e strangolato; sfrecciò oltre l'interlocutore nello spazio libero e, con le mani levate sopra il capo, attraversò la soglia come un ladro colto sul fatto. Prima che qualcuno di noi riuscisse a muoversi, il calesse si dirigeva traballando alla stazione. La scena era stata come un sogno, un sogno però che aveva lasciato prove e tracce del suo passaggio. L'inserviente trovò sulla soglia, il giorno successivo, i begli occhiali d'oro in frantumi, e quella sera stessa noi tutti stavamo col fiato sospeso presso la vetrina del bar, e Fettes era al nostro fianco, sobrio, pallido, con l'aria risoluta.

«Che Dio ci protegga, signor Fettes!», esclamò l'oste tornando per primo in possesso dei suoi sensi abituali. «Che storia è mai questa? Sono cose ben strane quelle che avete detto.»

Fettes ci guardò, uno dopo l'altro, in faccia. «Cercate di tenere a posto la lingua», disse. «Macfarlane è un uomo che è meglio non disturbare. Quelli che l'hanno fatto se ne sono pentiti, ahimè, troppo tardi.»

Quindi senza nemmeno finire il terzo bicchiere e tanto meno aspettare gli altri due, ci salutò e si allontanò, sotto il fanale dell'albergo, nell'oscurità della notte.

Noi tre tornammo ai nostri posti nella saletta, con un bel fuoco ardente e quattro luminose candele; poi, mentre parlavamo dell'accaduto, il primo gelo della sorpresa si trasformò nel calore della curiosità. Restammo nella saletta fino a tardi; fu l'ultima riunione che ricordo al vecchio *George*. Ciascuno di noi, prima che ci separassimo, aveva una teoria che doveva provare; e nessuno di noi aveva al mondo faccenda più importante che ritrovare il passato del nostro infelice compagno scoprendo il segreto che egli divideva con il grande dottore di Londra. Non è cosa di cui vantarsi troppo, ma credo fossi il più abile tra tutti gli amici del *George* a tirar fuori una storia; e forse non c'è più nessuno vivo che possa narrarvi gli illeciti e innaturali eventi che seguono.

Durante la sua giovinezza Fettes studiò medicina all'università di Edimburgo. Aveva un certo talento nel saper afferrare rapidamente ciò che udiva e nel venderlo come proprio.

Studiava poco a casa, ma davanti ai suoi maestri era cortese,
attento e intelligente. Venne presto considerato un giovanotto che ascoltava attentamente e ricordava bene; inoltre, per
quanto strano mi fosse sembrato quando lo udïi, in quei tempi era di bell'aspetto e anche per questo piaceva. C'era a quel-
l'epoca un certo docente esterno di anatomia, che designerò
qui con la lettera K. Il suo nome divenne in seguito fin troppo
noto. L'uomo che lo portava si aggirava furtivo sotto mentite
spoglie per le vie di Edimburgo, mentre la folla che plaudiva
all'esecuzione di Burke chiedeva a voce alta il sangue del suo
mandante. Ma il signor K. era allora al vertice della fama, e
godeva di una popolarità dovuta in parte al suo talento e alla
sua bravura, e in parte all'incapacità del suo rivale, il profes-
sore ordinario dell'università. Gli studenti, almeno, avrebbero giurato in suo nome e Fettes credette, come credettero gli
altri, di aver gettato le basi del suo successo quando quell'uomo astronomicamente famoso gli concesse il suo favore. Il signor K. era un *bon vivant* oltre che un insegnante compito;
amava l'inganno accorto non meno di un'attenta preparazio-
ne. In entrambe le cose Fettes eccelleva e si meritò la sua attenzione, e al secondo anno di frequenza teneva già quasi regolarmente il posto di secondo supplente, o sottoassistente,
nella sua classe.

In tale veste il peso della sala d'insegnamento e dell'aula di
anatomia poggiò soprattutto sulle sue spalle. Rispondeva
della pulizia dei locali e della condotta degli altri studenti, e
faceva parte del suo dovere fornire, ricevere e dividere i vari
corpi. E in ragione di quest'ultimo compito, a quel tempo
molto delicato, il signor K. lo alloggiò nello stesso vicolo, e
infine nello stesso edificio dei locali di dissezione. E lì, dopo
una notte di turbolenti piaceri, la mano ancora tremante, la
vista annebbiata e confusa, nelle ore scure che precedono le
albe invernali, lo svegliavano i trafficoni sporchi e disperati
che rifornivano il tavolo. Egli apriva la porta a quegli uomini
malfamati in tutto il paese. Li alleggeriva del tragico peso,
pagava loro il prezzo sordido, e restava solo, quando essi se
ne erano andati, con gli avanzi ostili dell'umanità. Si allonta-
nava dalla scena per rubare ancora una o due ore di sonno che
riparassero gli abusi della notte e lo preparassero all'attività
del giorno.

Sarebbero stati pochi i giovanotti insensibili alle impressioni di una vita passata tra le insegne della mortalità. Aveva la mente chiusa a ogni considerazione generale. Era incapace di provare interesse per i destini e le disgrazie di un altro, schiavo dei propri desideri e delle proprie basse ambizioni. Freddo, leggero, egoista all'estremo; possedeva quel minimo di prudenza, impropriamente chiamata moralità, che impedisce a un uomo di essere visto ubriaco o colto a rubare. Ambiva inoltre alla considerazione dei suoi maestri e dei suoi compagni, e non aveva alcun desiderio di fallire in maniera evidente negli altri aspetti della vita. Si faceva quindi merito di ottenere la distinzione negli studi, mentre ogni giorno rendeva un attento servizio al suo principale, il signor K. Per ogni giorno di lavoro si ripagava con una notte di gozzoviglie; e quando aveva riequilibrato i conti, quell'organo che chiamava la sua coscienza si dichiarava soddisfatto.

Il rifornimento di corpi era un fastidio continuo per lui come per il suo principale. La materia prima per gli anatomisti continuava, in quella classe numerosa e attiva, a esaurirsi, e l'attività che si rendeva perciò necessaria non era solo sgradevole in sé, ma minacciava anche di serie conseguenze tutti coloro che vi avevano a che fare. La politica del signor K. era di non fare domande nelle trattative di affari. «Loro portano il corpo e noi paghiamo il prezzo», soleva dire, citando l'allitterazione *quid pro quo*. E, ancora, alquanto cinicamente: «Mai fare domande», diceva ai suoi assistenti, «per amor di coscienza». Non si doveva sapere se i corpi erano quelli di assassinati. Se qualcuno avesse espresso l'idea in parole, egli sarebbe indietreggiato con orrore; ma la leggerezza dei suoi discorsi su un argomento così grave era di per sé un'offesa al buon gusto e una tentazione per coloro con cui trattava. Fettes, per esempio, si era spesso incuriosito della singolare freschezza dei corpi. Era stato colpito dall'aspetto abominevole, da pendaglio da forca, dei ruffiani che lo visitavano prima dell'alba e facendo due più due per conto suo aveva forse attribuito un significato troppo immorale e troppo categorico agli incauti consigli del suo padrone. Gli parve, in breve, che il suo dovere avesse tre regole: prendere ciò che gli veniva portato, pagarne il prezzo e allontanare l'occhio da ogni evidenza di reato.

Una mattina di novembre questa politica del silenzio venne messa duramente alla prova. Era rimasto sveglio tutta la notte per un tormentoso mal di denti, camminando per la stanza come una bestia in gabbia o gettandosi infuriato sul letto. Si era alla fine addormentato in quel modo profondo e agitato che segue spesso una notte di dolore, quando lo svegliò il terzo o quarto furioso richiamo del segnale stabilito. La luna splendeva leggera, il freddo era crudele e c'erano vento e brina; la città non si era ancora svegliata, ma si percepiva quell'indefinibile agitazione che prelude al rumore e all'attività della giornata. Quelle creature diaboliche erano venute più tardi del solito e sembravano particolarmente ansiose di andarsene. Fettes, travolto dal sonno, li condusse al piano di sopra. Li ascoltò, come in sogno, brontolare nel loro accento irlandese; mentre svuotavano il sacco della merce si appoggiò, sonnecchiando, alla parete e dovette scuotersi per cercare i soldi da dar loro. Intanto gli scapparono gli occhi sulla faccia del morto. Sobbalzò, avvicinandosi con la candela alzata.

«Dio onnipotente!», gridò. «Questa è Jane Galbraith!» Gli uomini non risposero e si avvicinarono alla porta.

«Ma la conosco, vi dico», continuò. «Ieri era viva e vegeta. È impossibile che sia morta; è impossibile che abbiate potuto prendere già il suo corpo.»

«Capo, vi sbagliate di sicuro», disse uno degli uomini.

Ma l'altro guardò bene Fettes negli occhi e pretese il denaro immediatamente.

Era impossibile non capire la minaccia o esagerare il pericolo. Fettes sentì il cuore mancargli. Balbettò qualche scusa, contò la somma, e i suoi odiosi visitatori se ne andarono. Appena uscirono si affrettò a cercare una conferma ai suoi dubbi. Per una dozzina di segni indubitabili identificò la ragazza che aveva scherzato con lui il giorno prima. Sul corpo di lei vide segni che potevano essere quelli di una violenza. Fu preso dal panico e cercò rifugio nella propria stanza, dove rifletté a lungo sulla scoperta che aveva fatto; considerò sobriamente il senso delle istruzioni del signor K. e il pericolo che poteva derivargli dall'interferire in una questione così seria; alla fine, nel dubbio più amaro, decise di aspettare il consiglio del suo immediato superiore, l'assistente di classe.

Era costui un giovane dottore, Wolfe Macfarlane, molto popolare tra gli studenti più irrequieti: intelligente, dissoluto e privo del minimo scrupolo. Aveva viaggiato e studiato all'estero. I suoi modi erano piacevoli e un poco sfrontati. Era di casa sui palcoscenici, abile sul ghiaccio e sul campo da golf, coi pattini o con la mazza; vestiva con simpatica audacia, e, per mettere il tocco finale alla sua gloria, possedeva un barroccino e un robusto cavallo da trotto. Con Fettes era abbastanza intimo e le rispettive condizioni richiedevano una certa comunanza di vita; quando i corpi erano scarsi la coppia si avventurava nella campagna sul barroccino di Macfarlane, visitando e sconsacrando qualche cimitero solitario per tornare prima dell'alba col suo bottino alla porta del locale di dissezione.

Quella particolare mattina Macfarlane arrivò un po' prima del solito. Fettes lo udì e gli andò incontro sulle scale, gli raccontò la storia e gli mostrò la causa della sua preoccupazione. Macfarlane esaminò i segni sul corpo della ragazza.

«Sì», disse annuendo, «puzza un po'.»

«Allora, cosa dovrei fare?», domandò Fettes.

«Fare?», ripeté l'altro. «Volete fare qualcosa? Come si dice: meno si fa meno si sbaglia.»

«Potrebbe riconoscerla anche qualcun altro», obiettò Fettes. «È famosa quasi come il Castello di Edimburgo.»

«Speriamo che nessuno la riconosca», disse Macfarlane «e se qualcuno lo facesse, be', non sarete voi. Vedete? Finirebbe così. Il fatto è che la faccenda è andata troppo avanti. Se sollevate polvere, K. si troverà in un guaio infernale, e anche voi avrete le vostre gatte da pelare. Anch'io, per essere sinceri. Mi piacerebbe sapere che faccia faremmo, o che diavolo potremmo dire a nostra discolpa su un banco di testimoni cristiano. Per me, sapete, c'è una sola cosa sicura: tutti i nostri corpi sono di persone assassinate.»

«Macfarlane!», gridò Fettes.

«Suvvia!», disse l'altro sprezzante. «Come se voi non lo aveste sospettato!»

«Sospettare è una cosa...»

«E avere le prove un'altra. Sì, lo so; e mi dispiace quanto a voi che sia successo», continuò, picchiettando il corpo con il suo bastone da passeggio. «La cosa migliore da farsi, secondo me, è non riconoscerla, e», aggiunse freddamente, «io farò così. Se volete riconoscerla voi, accomodatevi, non voglio imporre niente a nessuno. Ritengo tuttavia che un uomo di mondo si comporterebbe come me e, se posso aggiungere, credo sia quello che K. si aspetterebbe da noi. La domanda è: perché ha scelto noi come assistenti? E io rispondo: perché non cercava vecchierelle tremebonde.»

Tra tutti gli argomenti, questo era il più adatto a influenzare le idee di un giovanotto come Fettes. Acconsentì a imitare Macfarlane. Il corpo della sfortunata ragazza venne debitamente sezionato e nessuno commentò o parve riconoscerla.

Un pomeriggio, terminato il lavoro quotidiano, Fettes entrò in una ben nota taverna e trovò Macfarlane seduto con un forestiero. Si trattava di un ometto, molto pallido e dai capelli neri, con occhi come carboni. Il taglio del suo viso prometteva intelligenza e raffinatezza, che non si realizzavano minimamente nelle maniere perché si dimostrò, ad una più approfondita conoscenza, grezzo, volgare e stupido. Esercitava tuttavia un controllo notevole su Macfarlane, dava ordini come il Gran Pascià, si arrabbiava alla minima discussione o ritardo, e faceva commenti villani sul servilismo con cui veniva obbedito. Questa persona estremamente detestabile si incapricciò subito di Fettes, lo sedusse con i liquori, lo onorò di insolite confidenze sulla sua passata carriera. Se fosse stata vera la decima parte di ciò che aveva confessato, quel tale sarebbe stato il più spregevole dei cialtroni; e l'attenzione di un uomo così navigato aumentò la vanità del giovanotto.

«Sono io stesso un pessimo soggetto», rimarcò il forestiero «ma Macfarlane ci sa davvero fare... Toddy Macfarlane, lo chiamo io. Toddy, ordinate un altro bicchiere per il vostro amico. Toddy mi odia», disse ancora. «Oh sì, Toddy, mi odiate!»

«Non chiamatemi con quel nome dannato», grugnì Macfarlane.

«Senti, senti! Non avete mai visto i ragazzini giocare con i coltelli? Ebbene, a lui piacerebbe farlo sul mio corpo», notò il forestiero.

«Noi medici conosciamo un modo migliore di quello», disse Fettes. «Quando detestiamo un nostro amico morto, lo sezioniamo.»

Macfarlane alzò bruscamente il capo, come se lo scherzo non gli fosse piaciuto.

Il pomeriggio passò. Gray, questo era il nome del forestiero, invitò Fettes a unirsi a loro per la cena ordinando un festino così sontuoso che mise in agitazione la taverna, e quando ebbero finito ordinò a Macfarlane di pagare il conto. Si separarono che era tardi; quel tizio, Gray, era fuori di sé per l'ubriachezza e Macfarlane, sobrio per la rabbia, masticava bile per i quattrini che era stato costretto a spendere e per le offese inghiottite. Fettes, coi vari liquori che gli cantavano in testa, tornò a casa col passo incerto e la mente del tutto annebbiata. Il giorno seguente Macfarlane fu assente dalla classe, e Fettes sorrise tra sé immaginandoselo ancora in giro per taverne a far da scorta all'insopportabile Gray. Non appena suonata l'ora di fine lezione, passò di luogo in luogo alla ricerca dei compagni della notte precedente. Tuttavia non li trovò da nessuna parte; così se ne tornò presto a casa, andò subito a letto e dormì il sonno dei giusti.

Alle quattro del mattino lo svegliò il segnale ben noto. Scese alla porta, ed enorme fu il suo stupore nel trovare Macfarlane col suo calesse e, nel calesse, uno di quegli orridi lunghi pacchi che gli erano ben familiari.

«Che cosa?», gridò. «Siete stato fuori da solo? Come ci siete riuscito?»

Macfarlane lo fece tacere rudemente, invitandolo a occuparsi degli affari suoi. Quando ebbero portato di sopra il corpo e lo ebbero steso sul tavolo, Macfarlane fece come se se ne volesse andare. Ma si fermò e sembrò esitare, poi: «È meglio che gli guardiate la faccia», disse in tono forzato. «Sì, è meglio», ripeté mentre Fettes lo fissava meravigliato.

«Ma dove, come e quando lo avete trovato?», gridò l'altro.

«Guardategli la faccia», fu la sola risposta.

Fettes fu scosso, lo assalirono strani dubbi. Il suo sguardo passava dal giovane medico al corpo e viceversa. Alla fine, trasalendo, fece come gli era stato ordinato. Si era quasi aspettato di vedere ciò che vide, eppure la sorpresa fu crudele. Vedere, fissato nella rigidità della morte e nudo sul ruvido strato di sacco, l'uomo che aveva lasciato sazio di cibo e di vizio alla soglia della taverna, risvegliò anche nello spensierato Fettes alcuni dei terrori della coscienza.

Era un *cras tibi* che rieccheggiava nella sua anima, il fatto che due persone che aveva conosciuto fossero finite a giacere su quei gelidi tavoli. Ma questi non erano che pensieri secondari. La prima preoccupazione era per Wolfe. Impreparato a una provocazione così grave, non sapeva come guardare in faccia il suo compagno, non osava incontrarne lo sguardo e non gli rispondevano né le parole né la voce.

Fu lo stesso Macfarlane a fare il primo passo. Si avvicinò silenziosamente all'altro e gli pose piano, ma con fermezza, una mano sulla spalla.

«Richardson», disse, «potrà avere la testa.»

Ebbene, Richardson era uno studente che aspettava da tempo di sezionare quella parte del corpo umano. Non ci fu risposta, e l'assassino riprese: «Parlando d'affari, mi dovete pagare; i vostri conti, vedete, devono bilanciare».

Fettes ritrovò la voce, uno spettro della sua. «Pagarvi!» gridò. «Pagarvi per che cosa?»

«Suvvia, certo che dovete. Per amor di regolarità dovete», ribatté l'altro. «Non oso darvelo per nulla, voi non osereste prenderlo per nulla; ci comprometterebbe entrambi. È un caso come quello di Jane Galbraith. Più le cose sono sbagliate, più dobbiamo comportarci come se fossero giuste. Dove tiene i quattrini il vecchio K.?»

«Là», rispose Fettes rauco indicando una credenza nell'angolo.

«Datemi la chiave, allora!», disse calmo l'altro allungando la mano.

Ci fu un istante d'esitazione, e il dado fu tratto. Quando si sentì la chiave tra le dita, Macfarlane non poté evitare una contrazione nervosa, segno infinitesimale di un immenso sollievo. Aprì la credenza, ne tolse penna, inchiostro e un registro che si trovava in uno scomparto; poi tolse dai fondi che si trovavano in un cassetto la somma adatta all'occasione.

«Ora, attenzione», disse, «è stato effettuato un pagamento... prima prova della vostra buona fede, primo passo verso la vostra sicurezza. Non dovete che confermarlo con un secondo. Registrate il pagamento sul vostro libro e voi, da parte vostra, potrete sfidare il diavolo.»

I pochi secondi che seguirono furono un tormento ango-scioso per la mente di Fettes, ma a equilibrare i suoi terrori trionfò l'immediato. Qualunque difficoltà futura gli sembrò quasi benvenuta se avesse potuto evitare, in quel momento, di litigare con Macfarlane. Depose la candela che aveva retto per tutto il tempo e registrò con mano ferma la data, la natura e l'ammontare della transazione.

«E ora», disse Macfarlane, «è più che giusto che intaschia-te la vostra parte di guadagno. Io ho già avuto la mia parte. A ogni modo, quando un uomo di mondo ha un colpo di fortu-na, ha qualche scellino extra in tasca... mi vergogno di par-larne, ma c'è una norma di condotta in questi casi. Niente fe-steggiamenti, niente acquisti di costosi libri di studio, niente saldo di vecchi debiti; prendete a prestito, non prestate.»

«Macfarlane», cominciò Fettes ancora un poco rauco, «mi sono messo un cappio intorno al collo per farvi un piacere».

«Per farmi un piacere?», gridò Wolfe. «Ma guarda! Non avete fatto, per quanto mi riesce di vedere, che ciò che dove-vate fare per difendervi. Mettete che io finisca nei pasticci, cosa credete che capiterebbe a voi? Questa seconda cosuccia deriva chiaramente dalla prima. Il signor Gray è il proseegui-mento della signorina Galbraith. Non potete cominciare e poi smettere: se cominciate, dovete andare avanti; la verità è questa. Non c'è pace per il dannato.»

Un orribile senso di oscurità e il tradimento del destino piombarono sull'animo dell'infelice studente.

«Dio mio!», gridò, «ma cosa ho fatto? e quando ho co-minciato? A diventare assistente di classe, in nome della ra-gione, che cosa c'è di sbagliato? C'era Service che voleva l'in-carico, e Service avrebbe potuto averlo. E *lui si sarebbe tro-vato dove ora mi trovo io?*»

«Mio caro», disse Macfarlane, «siete proprio un ragazzi-no. Che male ve ne è venuto? Che male può venirvene se tene-te la lingua a posto? Insomma, amico, lo sapete cos'è la vita? Siamo divisi in due squadre... i leoni e gli agnelli. Se siete un agnello finirete su questi tavoli come Gray e Jane Galbraith; se siete un leone vivrete e condurrete un cavallo come me, co-me K., come tutti coloro che hanno spirito o coraggio. Dap-prima si ha paura. Ma guardate K.! Mio caro amico, voi siete svelto, avete fegato. Mi piacete e piacete anche a K. Siete nato

per guidare la caccia e vi dico, sul mio onore e per la mia esperienza di vita, che fra tre giorni riderete di questi spaventa-
passeri come un ragazzetto a una farsa.»

Detto ciò Macfarlane ripartì, guidando il suo calesse per il
vicolo, per andare a dormire prima che facesse giorno. Fettes
venne quindi lasciato solo con i suoi rimpianti. Vide il rischio
avvilente in cui era finito. Vide, con sgomento indicibile, che
la sua debolezza non aveva limiti e che, di concessione in concessione, da arbitro del destino di Macfarlane, era finito a
suo complice prezzolato senza speranza. Avrebbe dato il
mondo per essere stato un po' più coraggioso, e non gli venne
in mente che avrebbe ancora potuto esserlo. Il segreto di Jane
Galbraith e la maledetta annotazione sul registro gli chiusero
la bocca.

Le ore passarono; gli studenti cominciarono ad arrivare; le
membra del disgraziato Gray vennero distribuite all'uno e al-
l'altro e ricevute senza commenti. Richardson fu felice per
aver tra le mani una testa e, prima che suonasse l'ora di fine
lezione, Fettes tremava esultante vedendo quanto fossero andati avanti verso la salvezza.

Per due giorni continuò a guardare, con gioia sempre maggiore, l'odioso processo di occultamento.

Il terzo giorno ricomparve Macfarlane. Era stato malato,
disse; ma si rifece del tempo perduto dirigendo con energia gli
studenti. A Richardson in particolare dedicò un'assistenza e
consigli inestimabili, e lo studente, incoraggiato dal consenso
del supplente, bruciava di speranze ambiziose vedendosi già
in pugno la medaglia.

Prima che fosse terminata la settimana si era avverata la
profezia di Macfarlane. Fettes aveva superato i suoi terrori e
dimenticato la sua bassezza. Cominciò a lusingarsi per il suo
coraggio, e si era così ben rigirato la storia in mente che poteva guardare con orgoglio malsano agli eventi. Vide poco il
suo complice. Si incontravano ovviamente per le faccende
della classe e ricevevano insieme gli ordini da K.; a volte si
scambiavano qualche parola in privato e Macfarlane fu particolarmente gentile e gioviale dal principio alla fine. Ma era
chiaro che evitava ogni riferimento al segreto comune, e anche quando Fettes gli sussurrò di avere scelto la parte dei leo-

ni e abbandonato gli agnelli, gli indicò soltanto con un sorriso di andar cauto.

Alla fine arrivò un'occasione che unì la coppia ancor di più. Il signor K. era di nuovo a corto di cadaveri; gli studenti lavoravano con passione ed era un punto d'onore che il maestro fosse sempre ben rifornito. Vennero nello stesso tempo informati di una inumazione al cimitero campagnolo di Glencorse. Il tempo non ha quasi mutato il luogo in questione. Era situato, allora come adesso, a un incrocio, lontano da ogni abitazione e sepolto profondamente nel fogliame di sei cedri. I belati delle pecore sulle colline circostanti, i ruscelli che corrono dalle due parti (uno che canta forte tra i sassi e l'altro che sgocciola furtivo da pozza a pozza), lo stormire del vento tra le fronde fitte di un vecchio castagno e una volta ogni sette giorni la voce della campanella e gli antichi canti del maestro del coro erano i soli suoni che turbavano il silenzio intorno alla chiesetta campestre.

L'Uomo della Risurrezione, per usare un soprannome di quel tempo, non si fermava davanti a nessuna delle barriere poste dalla pietà comune. Faceva parte del suo commercio disprezzare e dissacrare le lapidi e gli ornamenti delle vecchie tombe, i sentieri tracciati dai piedi dei fedeli e dei piangenti, le offerte e le iscrizioni degli affetti perduti. Nel rustico circondario, dove l'amore è più tenace del solito e dove legami di sangue e di comunanza uniscono tutta la società di una parrocchia, il ladro di cadaveri, lungi dall'essere respinto dal rispetto naturale, era attratto dalla facilità e dalla sicurezza del compito. Ai corpi che erano stati deposti nella terra, in gioiosa attesa di un ben diverso risveglio, giungeva quella resurrezione frettolosa, a lume di lanterna e piena di angosce, della vanga e del piccone. La bara veniva forzata, strappato il sudario, e i melanconici resti avvolti in una tela di sacco, dopo esser stati sballottati, per ore lungo viuzze oscure, venivano infine esposti alla massima offesa davanti a una classe di ragazzotti a bocca aperta.

Come due avvoltoi che piombano sull'agnello morente, Fettes e Macfarlane si avventavano su di una tomba di quel verde e tranquillo luogo di eterno riposo. La moglie di un fattore, una donna che era vissuta per sessant'anni senza essere conosciuta altro che per il suo buon burro e per la temerata conversazione, stava per essere sradicata dalla sua tomba a mezzanotte e portata, morta e nuda, in quella città lontana che aveva sempre onorato col suo miglior vestito; il posto accanto alla sua famiglia sarebbe rimasto vuoto fino al giorno del giudizio; le sue membra innocenti e quasi venerande sarebbero state esposte a quell'ultima curiosità dell'anatomista.

Un tardo pomeriggio la coppia si mise per strada, bene avvolta nei mantelli e in compagnia di una bottiglia formidabile. Diluviava, una pioggia gelida, fitta e sferzante. Di tanto in tanto c'era un soffio di vento, ma quella coltre d'acqua non cessava mai. Nonostante la bottiglia, il loro fu un viaggio triste e silenzioso fino a Penicuik, dove avrebbero passato la serata. Si fermarono una volta a nascondere gli attrezzi in un fitto cespuglio non lontano dal camposanto, e poi ancora al *Fisher's Tryst* per riscaldarsi davanti al fuoco della cucina e per variare i sorsi di whisky con un bicchiere di birra. Raggiunta la fine del viaggio, alloggiato il calesse e riparato e ristorato il cavallo, i due giovani dottori sedettero in una saletta privata per godersi la miglior cena e il miglior vino che la casa potesse offrire. Le luci, il fuoco, il martellare della pioggia contro la finestra, il freddo incongruo lavoro che li aspettava, aggiunsero sapore al godimento del pasto. La loro cordialità aumentava a ogni bicchiere, e dopo non molto Macfarlane porse al suo compagno un mucchietto d'oro.

«Con i miei complimenti», disse. «Tra amici, questi piccoli dannati accomodamenti dovrebbero correre senza problemi.»

Fettes intascò il denaro e applaudì fragorosamente all'idea. «Siete un filosofo», gridò, «e io un asino, finché non ho incontrato voi. Voi e K. farete di me un vero uomo.»

«Ma sicuro», applaudì Macfarlane. «Un uomo? Ve lo dico, ci voleva proprio un uomo per appoggiarmi l'altra mattina. Ci sono certi codardi quarantenni, grandi, grossi e sbraitanti che si sarebbero sentiti male a vedere la dannata cosa; ma voi no... voi avete tenuto la testa a posto. Vi ho osservato.»

«Ebbene, perché no?», si vantò allora Fettes. «Non erano affari miei. Non c'era che da ricavare fastidi da una parte, e dall'altra ero certo di contare sulla vostra gratitudine, non vedete?», e si batté sulla tasca finché non risuonarono i pezzi d'oro.

A quelle parole sgradevoli Macfarlane provò una punta di allarme. Avrebbe potuto rimpiangere di aver istruito con tanto successo il suo giovane compagno, ma non ebbe il tempo di interferire, perché l'altro continuò rumorosamente la sua tirata vanagloriosa.

«La cosa importante è non aver paura. Ora, tra voi e me, io non voglio essere impiccato, è ovvio; ma per tutti quei luoghi comuni, Macfarlane, io non provo che disprezzo. Inferno, Dio, diavolo, giusto, sbagliato, peccato, crimine, e tutta la vecchia galleria di anticaglie... spaventerebbero un ragazzino, ma gli uomini di mondo come voi e me li disprezzano. Un brindisi alla memoria di Gray!»

Era ormai abbastanza tardi. Il calesse, secondo l'ordine, era stato condotto davanti alla porta, entrambe le lampade accese e brillanti, e così i due giovanotti pagarono il conto e ripresero la strada. Avevano detto di essere diretti a Peebles, e guidarono in tale direzione finché non si furono lasciati alle spalle le ultime case della città; poi spensero le lampade, tornarono sui loro passi e seguirono una strada secondaria verso Glencorse. Non c'era altro suono che quello del loro passaggio e lo stridere incessante dei rovesci di pioggia. L'oscurità era assoluta. Qua e là un cancello bianco o una pietra bianca in un muro li guidavano per un breve tratto nella notte; ma per la maggior parte del tempo viaggiarono a passo d'uomo, a rischio di perdersi, trovando la via nell'oscurità risonante verso la loro solenne e isolata destinazione. Nei boschi profondi che percorrono il circondario del camposanto fu necessario accendere con un fiammifero una delle lanterne del calesse. Quindi, sotto gli alberi sgocciolanti e circondati da ombre mobili e gigantesche, raggiunsero la scena del loro ingrato lavoro.

Erano entrambi esperti di tali cose e con le vanghe se la cavavano bene; non erano all'opera nemmeno da una ventina di minuti che furono premiati dal suono ottuso dello sfregamento contro il coperchio della bara. Nello stesso istante Macfarlane fece volare con noncuranza sopra la testa una pietra con la quale si era ferito a una mano. La tomba, dentro cui erano sprofondati fin quasi alle spalle, si trovava presso il

margine del pianoro del cimitero; e la lampada del calesse era
appoggiata, nella posizione migliore per illuminare la faccenda, contro un albero e al limite di un argine ripido che scendeva al fiume. Il caso aveva avuto buona mira con quella pietra.
Si udì lo schianto del vetro rotto e si trovarono avvolti nell'o-
scurità; suoni ottusi e tintinnanti annunciavano i rimbalzi
della lanterna giù per l'argine e i suoi urti occasionali contro
gli alberi. Una o due pietre, smosse nella discesa, le rotolaro-
no dietro nella profondità della valletta; poi il silenzio e la
notte ripresero il loro dominio; avrebbero potuto tendere l'o-
recchio al massimo e non avrebbero udito altro che la pioggia
portata dal vento, che cadeva costante sopra miglia di aperta
campagna.

Erano così prossimi al completamento dell'aborrito compito che giudicarono più saggio portarlo a termine nell'oscurità. La bara venne esumata e forzata, il corpo infilato nel
sacco fradicio che i due trasportarono insieme fino al calesse;
uno montò per tenerlo a posto, mentre l'altro, afferrato il cavallo per il morso, avanzò a tentoni lungo muri e cespugli fino a raggiungere la strada più ampia presso il *Fisher's Tryst*.
Trovarono qui una luminosità debole e diffusa che essi salu-
tarono come giorno nascente e che li guidò verso la città, dove si diressero allegramente spingendo il cavallo a buon passo.

Durante le operazioni si erano entrambi infradiciati fino al
midollo e, mentre il calesse sobbalzava tra i solchi profondi,
la cosa che stava ritta tra loro cadeva ora addosso all'uno ora
addosso all'altro. A ogni rinnovarsi dell'orrido contatto, ciascuno lo respingeva istintivamente in gran fretta; e tutta la situazione, per quanto naturale fosse, cominciò a urtare i nervi
dei due compagni. Macfarlane disse qualche disgraziata bat-
tuta sulla moglie del fattore, che risuonò alquanto vuota sulle
sue labbra, poi cadde il silenzio. E il loro innaturale fardello
continuava a sbandare da parte a parte; ora la testa appoggia-
va, come fiduciosa, sulle loro spalle, ora il tessuto fradicio
del sacco sbatteva ghiacciato sulla loro faccia. Un freddo stri-
sciante cominciò a impossessarsi dell'anima di Fettes. Sbirciò
l'involto e gli parve un po' più grosso di prima. Per tutta la
campagna, da ogni dove, i cani delle fattorie accompagnava-
no il loro passaggio con ululati tragici, e nella mente di Fettes

crebbe e si ingrandì il pensiero che si fosse compiuto qualche innaturale miracolo, che qualche mutazione innominabile fosse avvenuta in quel corpo morto, e che per timore del loro carico maledetto ululassero i cani.

«Per l'amor di Dio», disse facendo un grosso sforzo per riuscire a parlare, «per l'amor di Dio, accendiamo una luce!»

Pareva che Macfarlane provasse i suoi stessi sentimenti perché, pur senza parlare, fermò il cavallo, passò le redini al compagno, discese e procedette ad accendere la lampada rimasta. Non avevano nemmeno superato l'incrocio per Auchenclinny. La pioggia continuava a cadere come un nuovo diluvio universale, e non era cosa da poco fare un po' di luce in quel mondo di umidità e di buio. Quando infine la fiammella azzurra e tremolante si trasferì al lucignolo e cominciò a espandersi e a diffondere un ampio cerchio di luce vaporosa intorno al calesse, fu possibile per i due giovanotti vedersi l'un l'altro, e vedere anche la cosa che era con loro. La pioggia aveva modellato il ruvido tessuto sulle forme del corpo sottostante; il capo si distingueva dal tronco, le spalle erano disegnate chiaramente; qualcosa di spettrale eppure umano tratteneva il loro sguardo fisso sul loro compagno di viaggio.

Per qualche tempo Macfarlane rimase immobile, tenendo alzata la lanterna. Una paura senza nome si avvolgeva intorno al corpo di Fettes come un sudario bagnato, e gli tendeva la pelle bianca del viso; un terrore senza significato, l'orrore di ciò che non poteva essere, gli saliva al cervello. Ancora un momento e avrebbe parlato, ma il suo compagno lo precedette.

«Quella non è una donna», disse Macfarlane con voce soffocata.

«Era una donna quando l'abbiamo insaccata», sussurrò Fettes.

«Tenete la lampada», disse l'altro. «Voglio vedere la faccia.»

Mentre Fettes reggeva la lampada, il compagno sciolse i legacci del sacco e abbassò i lembi intorno alla testa. La luce cadde molto chiara sui tratti scuri e ben modellati e sulle guance ben rase di un viso fin troppo noto, ospite spesso dei sogni di entrambi quei giovanotti. Un grido selvaggio risuonò nella notte; ognuno saltò dal proprio lato della strada: la lampada cadde, si ruppe, si spense; e il cavallo, spaventato dall'insolito tramestio, scartò e si diresse al galoppo verso Edimburgo, portando con sé, solo occupante del calesse, il corpo da lungo tempo morto e sezionato di Gray.

Janet la storta

Il reverendo Murdoch Soulis fu per lungo tempo curato della parrocchia di Balweary, nella valle del Dule, nella brughiera. Era un vecchio dall'aspetto severo, pallido in volto, che incuteva timore in chi lo ascoltava: trascorse gli ultimi anni della sua vita completamente solo, senza parenti né domestici, nel piccolo e isolato presbiterio sotto l'Hanging Shaw. Nonostante la ferma compostezza dei suoi lineamenti, aveva lo sguardo agitato, spaventato, incerto; e quando si soffermava, durante le confessioni, sul futuro dell'uomo impenitente, sembrava che il suo occhio penetrasse attraverso le tempeste del tempo fino ai terrori dell'eternità. Molti giovani che venivano a prepararsi alla Prima Comunione rimanevano terribilmente impressionati dai suoi discorsi. Ogni anno, la prima domenica dopo il diciassette di agosto, teneva un sermone sull'ottavo versetto della prima epistola di S. Pietro, «il diavolo come un leone ruggente», in cui superava se stesso nel commento al testo, sia per la terribile natura del soggetto, sia per il terrore che ispirava il suo atteggiamento dal pulpito. I bambini ne erano spaventati fino alle convulsioni, e i vecchi per il resto della giornata apparivano più sentenziosi del solito, pieni di tutte quelle allusioni tanto deprecate da Amleto. Lo stesso presbiterio, situato tra i folti alberi presso le acque del Dule, con il boschetto che lo sovrastava da un lato e dall'altro le fredde e brulle cime dei monti che si innalzavano numerose verso il cielo, aveva cominciato, fin dai primi tempi del ministero del reverendo Soulis, a essere evitato verso il crepuscolo da tutti quelli che si consideravano prudenti; e i capifamiglia, seduti nella birreria del villaggio, scuotevano la testa al pensiero di passare a tarda ora nei paraggi di quella località così sinistra. Anzi, per essere precisi, c'era un punto soprattutto che ispirava particolare timore. Il presbiterio sor-

geva fra la strada maestra e il Dule, con una facciata su ciascuno dei due; il retro guardava verso il villaggio di Balweary,
lontano circa mezzo miglio, e sul davanti un giardino spoglio
circondato da siepi di rovo occupava il terreno tra il fiume e la
strada. La casa era a due piani, ciascuno di due ampie stanze.
Non si apriva direttamente sul giardino, bensì su una specie
di viottolo o passaggio selciato, che da una parte dava sulla
strada maestra e dall'altra era chiuso dagli alti salici e dai
sambuchi che crescevano lungo la riva del torrente. Ed era
proprio questo viottolo ad avere una così brutta fama tra i
giovani parrocchiani di Balweary. Il curato vi passeggiava
spesso dopo il tramonto, talvolta gemendo ad alta voce nel
fervore della sua orazione mentale; e quando egli si assentava
e la porta del presbiterio era chiusa a chiave, solo gli scolaretti
più coraggiosi si avventuravano, giocando a «seguire il capo», in quel luogo quasi leggendario, col cuore che batteva
forte.

Quest'atmosfera di terrore che circondava, di fatto, un ministro di Dio dal carattere e dall'ortodossia immacolati, era
comunemente ragione di stupore e argomento di domande da
parte dei pochi forestieri che il caso o gli affari conducevano
in quel paese sconosciuto e fuori mano. Ma anche molta gente della parrocchia era all'oscuro degli strani eventi che avevano marcato il primo anno del ministero del reverendo Soulis; e tra i meglio informati alcuni erano reticenti per natura,
altri, invece, si mostravano particolarmente restii a parlare di
quella faccenda. Solo di tanto in tanto qualcuno dei più vecchi, verso il terzo bicchiere, acquistava coraggio e cominciava a raccontare la causa dello strano aspetto e della vita solitaria del curato.

Cinquant'anni fa[1], quando il reverendo Soulis venne per la
prima volta a Balweary, era ancora un giovanotto — un ragazzo, diceva la gente — assai colto e bravissimo nel predica-
re, ma, com'era naturale in un uomo tanto giovane, senza alcuna esperienza vissuta in fatto di religione. I più giovani rimanevano incantati dalle sue doti e dalla sua eloquenza, ma
le persone anziane, più serie e riflessive, si sentivano perfino
spinte a pregare per quel giovanotto che consideravano un

[1] Da questo punto in poi il racconto è scritto in dialetto scozzese.

povero illuso e anche per la loro parrocchia che sembrava così mal fornita di una guida. Tutto questo avveniva prima del
tempo dei «Moderati» — maledizione a loro! ma le cose cat-
tive sono come quelle buone — vanno e vengono piano piano, un po' alla volta; già allora, comunque, c'era chi diceva
che il Signore aveva abbandonato tutti i professori e che i ragazzi che andavano a studiare presso di loro avrebbero fatto
di più e meglio restandosene seduti in una torbiera, come i loro antenati al tempo della persecuzione, con una Bibbia sotto
il braccio e lo spirito della preghiera nel cuore. Ma insomma,
senza dubbio il reverendo Soulis era rimasto troppo a lungo
in collegio: si curava e si preoccupava di molte cose oltre alla
sola necessaria. Aveva un mucchio di libri con sé, più di
quanti se ne fossero mai visti in tutto il presbiterio; e il facchi-
no ebbe il suo bel da fare a trasportarli fin là, perché rischia-
rono di impantanarsi nella Palude del Diavolo, tra Balweary
e Kilmackerlie. Erano libri di teologia, si capisce, o almeno
così si diceva, ma le persone serie erano dell'opinione che fosse proprio inutile possederne così tanti quando tutti i Vangeli
si possono portare nella cocca di uno scialle. E poi, se ne stava seduto a scrivere per metà della giornata e metà della notte, il che non stava neanche bene; sulle prime si pensò che
stesse rileggendo i suoi sermoni, ma in seguito si seppe che
stava scrivendo un libro egli stesso, il che non era davvero ap-
propriato per uno della sua età e di così poca esperienza.

Ad ogni modo, occorreva prendere una donna anziana e
perbene che si occupasse del presbiterio e provvedesse ai suoi
pasti frugali; e gli fu raccomandata una vecchiaccia — una
certa Janet Mc Clour — ed egli si lasciò persuadere troppo facilmente, facendo di testa sua. Furono in parecchi a metterlo
in guardia, poiché quella Janet risultava più che sospetta alla
gente migliore di Balweary. Diverso tempo prima aveva avuto un bambino da un soldato dei Dragoni, da circa trent'anni
non riceveva la comunione, ed i ragazzi l'avevano sentita
borbottare qualcosa tra sé e sé, al buio, dalle parti del sentiero di Key, luogo poco adatto, a quell'ora, per una donna ti-
morata da Dio. Comunque, era stato lo stesso signore del
paese a parlare per primo di Janet al curato, e costui a quel
tempo sarebbe andato molto più in là per far piacere al signore del paese. Quando la gente gli diceva che Janet era parente

del diavolo, secondo lui si trattava soltanto di superstizione;
e quando gli tiravano fuori la Bibbia e la strega di Endor,
controbatteva con foga e ricacciava a tutti le parole in gola
affermando che quei giorni erano ormai passati e che il demonio era, grazie alla misericordia divina, molto meno po-
tente.

Bene, quando per il villaggio si sparse la voce che Janet Mc
Clour andava a fare la governante al presbiterio, la gente divenne furiosa sia con lei che con il curato, e alcune comari
non trovarono di meglio da fare che piazzarsi di fronte alla
porta della sua casa e accusarla di tutto ciò che si sapeva sul
suo conto, dal figlio avuto col soldato alle due vacche di John
Tomson. Janet di solito parlava poco: la gente, in genere, la
lasciava andare per la sua strada e altrettanto faceva lei senza
tanti buongiorno e buonasera, ma quando ci si metteva aveva
una lingua da assordare un mugnaio. Saltò su, e spiattellò ai
quattro venti tutti i vecchi pettegolezzi di Balweary, facendo
inferocire le donne: se le dicevano una cosa, lei ne rispondeva
due, finché a un certo momento le comari l'afferrarono, le
strapparono i vestiti di dosso e la trascinarono per il villaggio,
giù, fino alle acque del Dule, per vedere se era una strega o
no, se restava a galla o se affogava[2]. La vecchia urlava tanto
che la si poteva sentire fino dal boschetto, lottando come dieci persone, e ci furono parecchie di quelle comari che portarono addosso i suoi segni, il giorno dopo e molti altri ancora;
ed ecco, proprio nel mezzo della mischia, arrivare (per sua
sventura) il nuovo curato.

«Donne», disse (e la sua voce era solenne), «nel nome del
Signore io vi ordino di lasciarla andare.»

Janet corse verso di lui, sconvolta dal terrore, e gli si ag-
grappò, e lo scongiurò, per amore di Cristo, di salvarla dalle
comari; e quelle, da parte loro, gli dissero tutto ciò che sape-
vano sul conto di lei e forse ancora di più.

«Donna», domanda allora lui a Janet, «è vero tutto questo?».

«Come il Signore mi vede», risponde quella, «come è vero
che mi ha creata, non una sola parola! A parte il bambino,
sono sempre stata una donna a posto.»

[2] Era una credenza diffusa anche in Italia.

«Sei disposta», dice allora il reverendo Soulis, «nel nome di Dio e davanti a me, Suo indegno ministro, a rinunciare al diavolo e alle sue tentazioni?»

Bene, sembra che quando egli le pose questa domanda la vecchia fece una smorfia che mise abbastanza paura a quanti la videro, e la si udì battere forte i denti; ma non c'era altra scelta in quel frangente, e Janet alzò la mano e rinunciò al diavolo davanti a tutti.

«E ora», dice il reverendo Soulis rivolto alle comari, «tornatevene a casa, tutte quante, e pregate Dio affinché vi perdoni.»

E diede il braccio a Janet, nonostante avesse indosso sì e no la camicia, e l'accompagnò su per il villaggio fino alla porta di casa come se si trattasse di una gran dama, mentre lei gridava e rideva che era uno scandalo starla a sentire.

Ci furono molte persone assennate che si trattennero a lungo a pregare quella notte: ma quando venne il mattino una tale paura si abbatté su Balweary che i bambini correvano a nascondersi e perfino gli uomini se ne stavano zitti a spiare dietro le porte. Perché c'era Janet che scendeva giù per il villaggio — lei o il suo fantasma, nessuno avrebbe potuto dirlo — col collo torto e la testa girata da una parte come quella di un impiccato, e sul viso una smorfia che la faceva somigliare a un cadavere non ancora ricomposto. Col passare del tempo ci si fece l'abitudine, e ci fu perfino chi la interrogò per sapere cosa le fosse successo; ma da quel giorno in avanti non fu più capace di parlare come una cristiana: sbavava, i denti le battevano come un paio di cesoie e le sue labbra non riuscirono più, da allora in poi, a pronunciare il nome di Dio. Tentava a volte di pronunciarlo, ma non le era possibile. Chi più sapeva più taceva, ma nessuno chiamò mai quella cosa Janet Mc Clour, poiché la vecchia Janet, secondo loro, era sprofondata quel giorno nell'inferno.

Il curato, tuttavia, non era tipo da lasciarsi influenzare dagli altri: andava dicendo che la crudeltà di quella gente le aveva fatto venire un attacco di paralisi; distribuiva scapaccioni ai bambini che la importunavano e la notte stessa di quel famoso giorno la fece traslocare su al presbiterio, e abitò là, a Hanging Shaw, tutto solo con lei.

Il tempo passò e la gente più superficiale cominciò a pensa-

re sempre meno a quella brutta faccenda. Il curato godeva di
buona stima: faceva sempre tardi a scrivere, è vero, e dal fiume si poteva vedere la luce della sua candela fino a mezzanotte passata, ma appariva soddisfatto e pieno di fiducia in se
stesso come nei primi tempi, sebbene tutti si accorgessero che
deperiva.

Per quanto riguarda Janet, andava avanti e indietro: se
prima non parlava molto, adesso aveva motivo di parlare ancora meno: non si impicciava di niente, ma era orribile a vedersi, e nessuno si sarebbe sognato di imbrogliarla nei conti
dei terreni della parrocchia.

Verso la fine di luglio venne un tempo come non se n'era
mai visto da queste parti. L'aria era immobile, calda e oppri-
mente: le greggi non ce la facevano a salire fin sopra la Collina Nera, i bambini erano troppo stanchi per giocare; pure, a
tratti si levava anche il vento, con raffiche roventi che bron-
tolavano sordamente per le vallate e brevi acquazzoni che
non riuscivano a mitigare la calura. Si pensava sempre che il
giorno dopo dovesse scoppiare il temporale; ma veniva il
mattino, ne veniva un altro ed era sempre quello stesso tempo
spossante che affliggeva gli uomini e il bestiame. Fra tutti
quelli che stavano peggio, nessuno soffriva come il reverendo
Soulis; non riusciva né a dormire né a mangiare, come diceva
ai suoi consiglieri parrocchiali, e quando non se ne stava a
scrivere quel suo noioso libro vagava per la campagna come
un ossesso, mentre chiunque altro era ben felice di starsene al
fresco dentro casa.

Al di sopra dell'Hanging Shaw, al riparo della Collina Nera, c'è un piccolo terreno recintato con un cancello di ferro:
sembra che nei tempi andati fosse il cimitero di Balsweary,
consacrato dai Papisti prima che la luce benedetta splendesse
sul regno. Ad ogni modo, era uno dei posti frequentati abi-
tualmente dal reverendo Soulis: è lì che si sedeva di solito per
pensare ai suoi sermoni, e in verità è un luogo ben riparato.
Dunque, un giorno, mentre superava la parte ovest della collina, egli vide prima due, poi quattro, poi sette corvi volare in
tondo sopra il vecchio cimitero. Volavano bassi e pesanti, ro-
teando e gracchiando tra loro. Era chiaro che qualcosa doveva aver disturbato le loro abitudini, ma il reverendo Soulis

non era tipo da lasciarsi impressionare facilmente, e andò dritto fino al muretto di cinta, e cosa trovò? Un uomo, o qualcosa che ne aveva l'apparenza, seduto nel recinto sopra una tomba. Era alto di statura, nero come l'inferno e con degli occhi stranissimi[3]. Il reverendo Soulis aveva sentito molte volte parlare di uomini neri, ma in quello lì c'era qualcosa di indecifrabile che lo intimoriva. Con tutto il caldo che aveva, provò come un gelido brivido d'orrore nel midollo delle ossa, ma riuscì lo stesso a dire con voce ben chiara: «Amico mio, non siete di qui, vero?». L'uomo nero non aprì bocca; si alzò in piedi e cominciò a camminare come strisciando, dirigendosi verso il lato opposto del muretto di cinta; e intanto non staccava gli occhi dal curato, e il curato rimaneva lì e lo fissava a sua volta. Poi, in un attimo, l'uomo nero fu con un balzo al di là del muretto e corse a rifugiarsi tra gli alberi. Il reverendo Soulis, quasi senza sapere perché, prese a rincorrerlo, ma era stanco morto per la camminata fatta poco prima con quel caldo terribile, e per quanto corresse riuscì appena a scorgere l'uomo nero tra le betulle, finché non arrivò ai piedi del pendio, dove lo vide ancora una volta mentre a passi e salti attraversava le acque del Dule dirigendosi verso il presbiterio.

Il reverendo Soulis non fu molto contento che quello spaventoso vagabondo si pigliasse la libertà di entrare nel presbiterio, e corse ancora più forte, e traversò il torrente bagnandosi le scarpe, e si ritrovò finalmente sul viottolo; ma non c'era nessun uomo nero lì. Andò sulla strada maestra: nessuno; fece il giro del giardino: niente, nessun uomo nero. Alla fine, un po' spaventato, com'era naturale, tirò il saliscendi ed entrò in casa. E lì, davanti ai suoi occhi, ecco Janet Mc Clour, col suo collo torto e non troppo contenta di vederlo. E il reverendo lo disse sempre in seguito, che appena pose gli occhi su di lei provò quello stesso brivido freddo e mortale di prima.

«Janet», le dice, «hai visto un uomo nero?»

«Un uomo nero?», ripeté lei. «Dio ci salvi tutti! Vi sbagliate, reverendo. Non c'è nessun uomo nero a Balweary.»

Ma non parlava chiaro, lo capite bene: farfugliava come un cavalluccio col morso in bocca.

[3] Secondo una credenza popolare piuttosto diffusa in Scozia, il diavolo era solito manifestarsi sotto le spoglie di un «uomo nero». Ciò è confermato da parecchie testimonianze che si riscontrano, ad esempio, nei vari processi alle streghe.

«Bene», dice Soulis. «Janet, se non c'è nessun uomo nero io ho parlato col diavolo in persona[4].»

E così dicendo cadde a sedere, battendo i denti come chi ha la febbre.

«Sciocchezze», dice Janet, «dovreste vergognarvi, reverendo», e gli servì un sorso di acquavite che teneva sempre a portata di mano.

Il curato se ne andò nello studio, tra i suoi libri. Questo studio è una stanza lunga, bassa e male illuminata, mortalmente fredda d'inverno e umida anche nel colmo dell'estate, poiché il presbiterio sorge vicino al torrente. Dunque, il reverendo si mise a sedere e pensò a tutto quello che era successo da quando era arrivato a Balweary, e pensò alla sua casa e ai giorni in cui era un bambino e correva per i prati; ma quell'uomo nero gli tornava sempre in testa come il ritornello di una canzone. Più pensava, più quell'uomo nero gli veniva in mente. Provò a pregare, ma non si ricordava le parole; cercò di mettersi a scrivere il suo libro, ma non riusciva ad andare avanti. Vi erano momenti in cui gli sembrava che l'uomo nero gli stesse accanto, e allora il sudore gli si gelava addosso come acqua di pozzo, e vi erano altri momenti in cui si riprendeva e non aveva più paura di nulla, come un bimbo appena battezzato.

Infine andò alla finestra e se ne restò lì in piedi a osservare le acque del Dule con un sguardo intenso e corrucciato. Vicino al presbiterio gli alberi sono particolarmente fitti e l'acqua è profonda e scura; e c'era Janet che lavava i panni, con gli abiti rimboccati: voltava le spalle al curato e questi, d'altro canto, si era appena accorto di starla a guardare. A un certo momento si voltò, mostrando la faccia, e il reverendo Soulis risentì ancora lo stesso brivido freddo che aveva già provato due volte quel giorno, e gli venne in mente ciò che la gente diceva: che Janet era morta da molto tempo e quella era soltanto una larva rivestita delle sue carni fredde come la terra. Si fece un po' indietro, osservandola attentamente: stava sbattendo i panni e canticchiava tra sé, ma oh! Dio ci guidi, aveva una faccia spaventosa. A tratti cantava più forte, ma nessuno al mondo avrebbe saputo ridire le parole della sua canzone; e poi, ogni tanto guardava in giù, di lato, sebbene non ci fosse

---

[4] Nel testo inglese «the Accuser of Brethren», l'Accusatore dei Confratelli.

nulla da guardare da quella parte. Il reverendo provò un moto di paura e di ribrezzo in tutto il suo essere, e di certo era un avvertimento del Cielo; ma invece si rimproverò di pensare così male di una povera vecchia malata senza altri amici che lui. Così, recitò una breve preghiera per lei e per sé, bevve un sorso d'acqua fresca — poiché gli si rivoltava lo stomaco solo al pensiero di mangiare — e salì a coricarsi nel suo semplice letto, mentre cadevano le ombre della sera.

Quella notte, la notte del diciassette agosto millesettecentododici, non è mai più stata dimenticata a Balweary. Era stato caldo fino allora, come ho detto, ma quella notte era più calda che mai. Il sole tramontò fra nuvole mai viste e venne un buio fitto come la pece, senza una stella, senza un alito di vento; non avresti visto la tua mano davanti al viso: perfino i vecchi avevano gettato via le coperte dal letto e respiravano a fatica. Con tutto quello che aveva in mente era piuttosto improbabile che il reverendo Soulis potesse dormire molto. Si voltava e rivoltava di continuo: il buon letto fresco in cui era entrato sembrava che gli bruciasse le ossa; si assopiva per svegliarsi subito dopo; sentiva battere le ore, poi un cane ululare nella brughiera come se fosse morto qualcuno; a tratti credeva di udire dei folletti[5] bisbigliargli qualcosa all'orecchio, poi gli pareva di vedere dei fuochi fatui[6] danzare per la stanza. Pensò di essere ammalato; e lo era, infatti — anche se non sospettava neppure di quale malattia.

Infine ebbe un momento di lucidità: si rizzò a sedere in camicia da notte sulla sponda del letto e cominciò di nuovo a pensare all'uomo nero e a Janet. Non avrebbe saputo spiegare bene come — forse fu il freddo del pavimento ai piedi — ma di colpo ebbe la sensazione che vi fosse un qualche nesso

---

[5] Il termine usato da Stevenson è *bogles,* che sta ad indicare una classe di folletti cattivi, comunque degli spiriti dispettosi, temibili e spesso pericolosi. William Henderson, in *Folk-Lore of the Northern Counties,* specifica (proprio a proposito dei *bogles* scozzesi) che, pur essendo dispettosi, non sono malvagi, e che «non danno fastidio a nessuno tranne che agli assassini e a coloro che cercano di imbrogliare le vedove e gli orfani». Cfr. Katharine Briggs, *Fate, gnomi, folletti e altri essere fatati,* a cura di Cecilia Casorati e Giovanni Iovane, Roma Lucarini Editore, 1985, p. 24.

[6] Il termine usato da Stevenson è *spunkies.* Riporta Katharine Briggs nel già citato *Fate, gnomi, folletti:* «Nei *Lowlands* della Scozia, *Spunkies* è il nome dato ai fuochi fatui *(Will o' the Wisp).* In *Country Folk-Lore,* Simpson cita un racconto preso da *History of Buckhaven* di Graham, nel quale uno *Spunkie* è accusato di aver provocato dei naufragi e di aver depistato dei viaggiatori» (p. 254).

tra i due, e che l'uno o l'altra, o forse entrambi, fossero dei fantasmi. E proprio in quel momento dalla stanza di Janet, che si trovava accanto alla sua, venne un tramestio come di persone che stessero lottando, poi un forte tonfo; quindi una folata di vento passò frusciando nelle quattro stanze della casa, e di nuovo tutto tornò silenzioso come una tomba.

Il reverendo Soulis non aveva paura né degli uomini né dei diavoli. Prese l'esca e l'acciarino, accese una candela e fece qualche passo verso la porta di Janet. Il saliscendi era alzato: spinse l'uscio e guardò dentro risolutamente. La stanza era ampia, grande quanto la sua, piena di mobili imponenti, vecchi e solidi, dato che non ne aveva altri. C'era un letto con quattro colonne e il baldacchino di vecchia tappezzeria, un bell'armadietto di quercia pieno di libri di teologia del curato, messi lì perché non fossero d'ingombro: le povere, poche cose di Janet erano sparse qua e là sul pavimento. Ma il reverendo Soulis non riusciva a scorgere né Janet né alcun segno di lotta. Entrò dentro (e pochi, credo, lo avrebbero seguito), si guardò intorno, ascoltò. Ma non c'era nulla da ascoltare, nulla dentro il presbiterio né in tutta la parrocchia di Balweary, e nulla da vedere, tranne le lunghe ombre che danzavano intorno alla candela. E poi, ad un tratto, il cuore del curato ebbe un violento palpito e si arrestò, mentre un vento freddo gli passava fra i capelli. Che triste visione fu quella per il poveretto! C'era Janet lì, appesa a un chiodo accanto al vecchio armadietto di quercia: la testa sempre piegata sulla spalla, gli occhi stralunati, la lingua tutta fuori dalla bocca e i piedi a due palmi dal pavimento.

«Dio ci perdoni tutti!», pensò il reverendo Soulis. «La povera Janet è morta.»

Fece un passo verso il cadavere e il cuore gli sussultò nel petto perché, per qualche stregoneria incomprensibile a mente umana, la vecchia era appesa a un unico chiodo, per un unico filo di lana ritorta, di quello da rammendare le calze.

È una cosa orribile trovarsi soli, di notte, con tali sinistri prodigi, ma il reverendo Soulis era forte nel Signore. Si voltò e uscì da quella stanza chiudendo la porta a chiave dietro di sé, poi, un gradino dopo l'altro, scese le scale sentendosi pesante come il piombo e posò la candela sul tavolino. Non riusciva a pregare, non riusciva a pensare: gocciava sudore freddo e non avvertiva altro che i battiti accelerati del suo cuore. Era lì forse da un'ora, forse da due, non ci aveva fatto attenzione, quando, all'improvviso, sentì un leggero, misterioso rumore al piano di sopra: un passo andava avanti e indietro nella stanza dove pendeva impiccato il corpo di Janet; poi la porta venne aperta, benché egli l'avesse chiusa a chiave, come ricordava bene, e si udì un passo sul pianerottolo. Gli sembrò che il cadavere si fosse affacciato alla ringhiera delle scale e guardasse in basso, verso di lui.

Prese di nuovo la candela (non ce la faceva a stare senza luce) e facendo meno rumore possibile uscì fuori dal presbiterio e si diresse fino in fondo al viottolo. Era sempre buio come la pece: la fiamma della candela, quando la posò in terra, brillò ferma e chiara come in una stanza chiusa. Nulla si muoveva, tranne le acque del Dule che scorrevano pigre singhiozzando giù per la valle, mentre quel passo infernale scendeva lentamente le scale all'interno del presbiterio. Era un passo che il curato conosceva fin troppo bene, poiché era quello di Janet, e man mano che si faceva più vicino il gelo gli penetrava sempre più nelle viscere. Raccomandò la sua anima al Creatore che lo teneva in vita: «O Signore» diceva «dammi questa notte la forza per combattere contro le potenze del male».

In quel momento il passo stava percorrendo l'andito verso la porta di casa: si poteva sentire una mano che strusciava lungo il muro, come se quella cosa spaventosa stesse cercando la strada a tentoni. I salici si agitarono gemendo, un lungo sospiro venne dalle colline, la fiamma della candela vacillò; ed ecco, lì, in piedi sulla soglia del presbiterio c'era il cadavere di Janet, la storta, col suo vestito di percalle e la cuffia nera, la testa sempre piegata verso la spalla e quella smorfia ancora scolpita sul viso — viva, avresti detto — morta, come il reverendo Soulis ben sapeva.

È strano come l'anima dell'uomo sia così legata alla sua spoglia mortale: pure, il curato vide tutto questo e il suo cuore non venne meno.

Essa non rimase a lungo lì in piedi: cominciò di nuovo a muoversi, dirigendosi lentamente verso il reverendo Soulis che era rimasto fermo sotto i salici. Tutta la vitalità del suo corpo, tutta la forza della sua anima gli risplendevano negli occhi. Sembrò che essa stesse per parlare, ma fece solo un cenno con la sinistra, come se le mancassero le parole. Venne una raffica di vento, come il soffio di un gatto; la candela si spense, i salici mandarono un lamento simile a una voce umana, e il reverendo Soulis a un tratto comprese che, ne uscisse vivo o morto, era qui che si doveva concludere la storia.

«Strega, maga, diavolo!», urlò. «Io ti ordino, in nome di Dio, di andartene — se sei morta alla tomba — se sei dannata all'inferno.»

E allora la mano stesa del Signore colpì dall'alto dei Cieli l'Orrore lì dove si trovava: il vecchio, morto, sconsacrato corpo della strega, così a lungo sottratto alla tomba e portato in giro dai diavoli, prese fuoco come uno zolfanello e cadde a terra ridotto in cenere; seguì, vibrante, il tuono, un rombo dietro l'altro, poi la pioggia scrosciante. Il reverendo Soulis attraversò con un balzo la siepe del giardino e corse urlando verso il villaggio.

Quella stessa mattina, John Christie vide l'Uomo Nero passare vicino il Muckle Cairn mentre rintoccavano le sei; prima delle otto, passò accanto alla locanda di Knockdow; poco dopo Sandy Mc Lellan lo vide correre giù per la discesa di Kilmackerlie. Non ci sono dubbi che fosse stato lui ad abitare per tanto tempo nel corpo di Janet, ma era andato via, finalmente, e da quel giorno il diavolo non è più tornato a Balweary.

Ma fu una prova assai dura per il curato: rimase molto, molto a lungo delirante nel suo letto, e dal quel momento è divenuto l'uomo che oggi conoscete.

I Merry Men

I. *Eilan Aros*[1]

Era una bella mattina di fine luglio quando mi incamminai a piedi quell'ultima volta verso Aros. Un battello mi aveva sbarcato la notte precedente a Grisapol. Feci colazione con quello che la piccola locanda era in grado di offrirmi e, dopo aver lasciato il mio bagaglio in attesa di tornare a riprenderlo alla prima occasione per via mare, tagliai dritto attraverso il promontorio con il cuore pieno di allegria.

Non ero nato da quelle parti, anzi, provengo da un puro ceppo delle *lowlands*[2]. Ma un mio zio, Gordon Darnaway, dopo una giovinezza povera e difficile e alcuni anni passati sul mare, aveva sposato una ragazza delle isole: Mary Maclean si chiamava, ultima della sua famiglia; e quando lei morì nel dare alla luce una bimba, mio zio rimase in possesso di Aros, la fattoria circondata dal mare. Non gli dava altro che il necessario per vivere, lo sapeva bene, ma era un uomo perseguitato dalla cattiva fortuna: aveva avuto paura, con una bambina piccola sulle spalle, di tentare l'avventura di una nuova esistenza, ed era rimasto ad Aros, rodendosi il fegato per il suo destino. Gli anni, volati via in quell'isolamento, non gli avevano recato né aiuto né rassegnazione.

Intanto, nelle *lowlands*, la nostra famiglia si andava estinguendo. Non è gente molto fortunata, e forse il più fortunato di tutti fu mio padre, perché non solo morì tra gli ultimi, ma lasciò un figlio a perpetuare il suo nome e un po' di denaro per sostenerlo. Io ero studente all'università di Edimburgo, e

[1] L'azione è collocata in un arcipelago di isolotti, a ovest della costa scozzese.
[2] «Terre basse» tipiche del sud-est della Scozia, in contrapposizione alle *highlands* («terre alte») dove si svolge l'azione.

vivevo abbastanza bene con i miei mezzi, ma senza amici né parenti: fu allora che qualche notizia sul mio conto trovò il modo di arrivare fino allo zio Gordon, sul Ross di Grisapol; e lui, siccome era un uomo per il quale il sangue non era acqua, mi scrisse il giorno stesso in cui venne a sapere della mia esistenza, dicendomi di considerare Aros come casa mia. Fu così che io andai a trascorrere le mie vacanze in quella parte del paese, lontano da ogni consorzio umano e ogni comodità, tra i merluzzi e i galli di brughiera; ed era così che ora, finito l'anno accademico, vi stavo ritornando con cuore così lieto in quel giorno di luglio.

Il Ross, come noi lo chiamiamo, è un promontorio non molto alto né largo, ma tra i più aspri che Dio ha fatto fino a oggi: il mare, da entrambi i lati, è profondo, fitto di isole scabre e di scogli pericolosissimi per i naviganti, dominati, a est, da altissimi scoscendimenti e dal gran picco del Ben Kyaw, «la montagna della bruma», come dicono che significhi in gaelico. E il nome gli si addice bene, perché quella cima, alta più di mille metri, raccoglie tutte le nuvole che il vento soffia dal mare; e davvero, tante volte pensavo che le fabbricasse da sé, perché anche quando il cielo era tutto sgombro fino alla linea del mare, c'era sempre un pennacchio di nubi sul Ben Kyaw. Ne riceveva acqua, anche, e di conseguenza era paludoso fino in cima. Ho visto con i miei occhi, mentre eravamo seduti in pieno sole sul Ross, la pioggia cadere nera come un velo a lutto sul monte. Ma il suo umidore, spesso, lo faceva apparire più bello ai miei occhi, perché quando il sole batteva sui suoi fianchi tante rocce bagnate e torrentelli splendevano come gemme perfino a quindici miglia di distanza, fino ad Aros.

La strada che seguivo era una mulattiera, talmente tortuosa da raddoppiare quasi la lunghezza del tragitto: passava sopra nudi macigni, così che si doveva saltare dall'uno all'altro, e attraverso soffici avvallamenti dove il muschio arrivava quasi al ginocchio. Non si vedeva nessuna coltivazione lì intorno, e neppure una casa lungo le dieci miglia da Grisapol ad Aros. Case, naturalmente, c'erano — tre, almeno; ma erano così discoste da un lato o dall'altro del sentiero che nessun forestiero sarebbe stato in grado di scorgerle. Gran parte del Ross è ricoperta da enormi rocce di granito, alcune più grosse di una casa di due stanze, una accanto all'altra, con felci ed eriche alte e folte negli interstizi dove si nascondono le vipere. Comunque soffiasse il vento, c'era sempre aria di mare, salsa, come a bordo di una nave; i gabbiani erano comuni come i galli di brughiera per tutto il Ross; e ogni volta che la strada saliva un po', l'occhio si accendeva del luccichio del mare. Dal bel mezzo di quel lembo di terra, in un giorno di vento e con l'alta marea, ho udito il *Roost* mugghiare come una battaglia là dove imperversa presso Aros e le voci forti e terribili dei frangenti, che noi chiamiamo i *Merry Men*.

Aros stessa — Aros Jay, come l'ho udita chiamare dalla gente del posto, e pare che significhi «la casa di Dio» —, Aros stessa non faceva propriamente parte del Ross, e non era neppure un isolotto: formava l'angolo sud-occidentale della terraferma, strettamente a ridosso della costa, da cui era separata da un piccolo braccio di mare che nel punto più stretto misurava sì e no una quindicina di metri. Con l'alta marea, l'acqua lì era chiara e ferma come nella pozza di un fiumicello terrestre: sola differenza, le alghe, i pesci e l'acqua stessa, verde anziché bruna; ma quando la marea calava, al minimo del riflusso, c'era sempre un giorno o due ogni mese che si poteva passare a piedi asciutti da Aros alla terraferma. Vi si trovava qualche buon pascolo, dove mio zio allevava le pecore di cui viveva; forse la pastura era migliore perché il terreno sull'isolotto era più elevato del livello medio del Ross, ma non sono abbastanza esperto per poterlo stabilire. La casa, per quelle parti, era una buona casa a due piani. Guardava a ovest, verso un'insenatura, e vicino un pontile per una barca; dalla porta si potevano scorgere i vapori che soffiavano sul Ben Kyaw.

Su tutta quella parte della costa, e specialmente vicino ad Aros, le grosse rocce di granito di cui ho parlato scendono giù a frotte dentro il mare, come bestiame in un giorno d'estate. Là rimangono dritte, esattamente come le loro vicine sulla riva, solo che tra loro c'è l'acqua con i suoi singulti invece della quieta terra e sui loro fianchi fioriscono ciuffi di garofani di mare invece dell'erica, e alla loro base si attorciglia il gongro marino invece della vipera velenosa. Nei giorni di calma, si può andare vagando in barca tra loro per ore, con l'eco che vi segue come in un labirinto; ma quando il mare è agitato, il Cielo aiuti l'uomo che sente ribollire quel calderone!

Intorno all'estremità sud-occidentale di Aros questi blocchi sono numerosissimi, e di dimensioni assai maggiori. Al largo, poi, devono essere ancora più grandi, veramente mostruosi; sono infatti disseminati su una decina di miglia di mare aperto, fitti come le case di un villaggio; e alcuni si elevano per dieci metri al di sopra delle ondate, altri ne rimangono coperti, ma tutti sono pericolosi per le navi — e in un giorno limpido, col vento che soffiava da ovest, dal punto più elevato di Aros, ho contato fino a quarantasei scogli latenti su cui si infrangevano i marosi bianchi e pesanti. Ma il pericolo maggiore è vicino alla costa, perché la marea, che qui corre veloce come l'acqua nella gora di un mulino, produce una lunga striscia di acque agitate — un *Roost*, come si dice qui — al margine della terraferma. Sono andato spesso lì nei giorni di calma piatta, nella fase calante della marea, ed è davvero uno strano posto, col mare che turbina, si accavalla e ribolle come i calderoni di una cascata, e di tanto in tanto un suono fluttuante, un lieve borbottio, come se il *Roost* stesse parlando tra sé. Ma quando la marea comincia di nuovo a salire, e soprattutto col brutto tempo, non c'è uomo che potrebbe portare una barca nel raggio di mezzo miglio di lì, né nave sul mare che rischierebbe a manovrare o soltanto a sopravvivere in un simile posto. Se ne può udire il ruggito a distanza di sei miglia. Il ribollire più forte è dal lato del mare, ed è qui che danzano insieme quei grossi frangenti — la danza della morte, si potrebbe chiamare — che da questi paraggi vengono chiamati i *Merry Men*. Ho sentito dire che raggiungono un'altezza di venti metri, ma questo deve riferirsi soltanto all'acqua verde, perché la spuma arriva almeno al doppio: se abbiano preso il nome dai loro balzi rapidi e bizzarri o dall'ululare che fanno al volgere della marea, quando tutta Aros balla con loro, questo è più di quanto io sappia dire.

La verità è che con il vento di sud-ovest quella parte del nostro arcipelago è una vera e propria trappola. Se una nave riuscisse a superare gli scogli e a resistere ai *Merry Men*, dovrebbe approdare sulla costa meridionale di Aros, a Sandag Bay, dove tante cose tristi sono accadute alla nostra famiglia, come mi propongo di raccontare. Ripensare a tutti questi peri-

coli in un luogo che conosco da così tanto tempo, mi fa co-
gliere con particolare favore i lavori in corso attualmente per
installare luci sui promontori e boe lungo i canali delle nostre
inospitali rocciose isole.

I contadini narravano parecchie storie su Aros, come avevo modo di sentire dall'uomo di fatica di mio zio, Rorie, un
vecchio domestico dei Maclean passato senza riserve mentali
al suo servizio dopo il matrimonio. Esistevano dicerie su una
sciagurata creatura, uno spirito marino che abitava e sbriga-
va i suoi affari in qualche orrendo modo tra il ribollire dei
frangenti delle *Roost*. Una sirena aveva incontrato una volta
un suonatore di cornamusa sulla spiaggia di Sontag, e lì aveva cantato per lui tutta una lunga, serena notte di mezza estate, così che lui, al mattino, venne ritrovato pazzo, e da allora
in poi, fino al giorno in cui morì, disse solo certe determinate
parole; come fossero originariamente in gaelico, non so, ma
venivano tradotte in tal modo: «Ah, il dolce canto che viene
su dal mare!». Si sapeva che alcune foche, frequenti su quella
costa, avevano parlato all'uomo nella sua lingua, presagendo
grandi sciagure. Era qui che un certo santo, partito dall'Ir-
landa per convertire gli abitanti delle Ebridi, aveva preso terra per la prima volta. E credo proprio che avesse qualche diritto a essere chiamato santo, perché forzare un passaggio così rischioso e approdare su una costa tanto difficile con le imbarcazioni di quell'epoca era di sicuro una cosa non troppo
lontana dal miracolo. È a lui, o a qualcuno dei suoi monaci
che qui aveva la sua cella, che l'isolotto deve il suo nome santo e bello di «casa di Dio».

Tra queste storie da vecchie comari ce n'era una alla quale
ero incline a prestare maggior fede. Come mi era stato detto,
in quella tempesta che sparpagliò tutte le navi dell'*Invincible
Armada* a nord e a ovest della Scozia, un grande vascello ac-
costò verso la riva di Aros, e sotto gli occhi di alcuni solitari
individui sulla cima di una collina, andò a fondo in un attimo
con tutto l'equipaggio e con la bandiera che ancora sventola-
va mentre stava colando a picco. C'era una certa verosimi-
glianza in questo racconto, perché un altro battello di quella
flotta giaceva sul fondo della costa a nord, a venti miglia da
Grisapol. La narrazione, mi pareva, era più seria e dettaglia-
ta delle altre, e c'era un particolare che quasi riusciva a con-

vincermi della sua veridicità: il nome della nave, cioè, che ancora veniva ricordato e che al mio orecchio suonava come spagnolo. La *Espirito Santo*, così la chiamavano, una gran nave a molti ranghi di cannoni, carica di tesori e di Grandi di Spagna e di fieri «soldados» che adesso giacevano in eterno giù nell'acqua fonda, finite le guerre e i viaggi, a Sandag Bay, sulla costa ovest di Aros. Niente più salve di artiglieria per quel grande vascello, lo *Espirito Santo*; niente più venti propizi o felici avventure: solo marcire laggiù tra le alghe marine e sentire le urla dei *Merry Men* quando la marea saliva intorno all'isola. Era uno strano pensiero per me in tutto e per tutto, e divenne ancora più strano quando venni a sapere di più sulla Spagna, da dove la nave aveva fatto vela con una compagnia così orgogliosa, e su re Filippo, il ricco sovrano che l'aveva inviata in quel viaggio.

E ora devo dirvi che quel giorno, mentre me ne venivo a piedi da Grisapol, la *Espirito Santo* occupava un posto importante nei miei pensieri. Al College di Edimburgo ero stato notato favorevolmente dal Dr. Robertson, il famoso scrittore, nostro preside di allora, che mi aveva messo al lavoro su certe antiche carte, con il compito di riordinarle, liberandole da ciò che non presentava alcun interesse; e in una di queste carte, con mia grande meraviglia, avevo trovato una nota proprio su quella nave, la *Espirito Santo*, con il nome del suo capitano e il fatto che trasportava una gran parte del tesoro degli Spagnoli e che era andata perduta nel Ross di Grisapol; ma in quale punto esatto le tribù selvatiche che vivevano lì in quel tempo non avevano voluto dire, nonostante le indagini del re. Sommando una cosa con l'altra, e collegando la nostra tradizione isolana con la famosa storia delle ricerche del vecchio re Giacomo a caccia di ricchezze, mi si era fermamente fitto in capo che il luogo da lui cercato invano altro non poteva essere che la Sandag Bay, sulla proprietà di mio zio; e avendo io una certa attitudine per la meccanica, da quel momento ero sempre stato a escogitare il modo di riportare nuovamente a galla quella bella nave con tutti i suoi lingotti, once e dobloni per ridare al nostro casato di Darnaway la dignità e la ricchezza da lungo tempo obliate.

Era un progetto del quale ebbi presto modo di pentirmi. Cambiai infatti bruscamente idea dal momento in cui mi tro-

vai a essere testimone di uno strano «giudizio di Dio», tanto
che da quel momento l'idea di tesori appartenenti ai defunti è
divenuta intollerabile per la mia coscienza. Ma anche a quel
tempo devo assolvermi dall'accusa di una sordida cupidigia:
non era la bramosia delle ricchezze a farmele desiderare, bensì l'amore per una persona cara al mio cuore — la figlia di
mio zio, Mary Ellen. Aveva ricevuto una buona educazione,
e per un certo periodo era anche andata a scuola sulla terraferma; senza la qual cosa, povera ragazza, sarebbe stata più
felice. Perché Aros non era posto per lei, col vecchio servitore
Rorie e con suo padre, che era uno degli uomini più infelici di
tutta la Scozia, educato alla buona tra i Cameroniani[3], in un
posto di campagna, per lungo tempo capitano di piccolo ca-
botaggio fuori dal Clyde tra le isole e che ora, con infinito
scontento, si dedicava alle sue pecore e a un po' di pesca lungo la costa per procurarsi il pane necessario. Se questo risultava a volte pesante per me, che rimanevo lì soltanto un mese
o due, si può ben immaginare cosa significasse per lei che abitava in quello stesso deserto per tutto l'anno, con le pecore, i
gabbiani nel cielo e i *Merry Men* che cantavano e ballavano
nel *Roost*!

II. *Ciò che il naufragio aveva portato ad Aros*

La marea era a metà quando arrivai all'altezza di Aros.
Non c'era altro da fare che starsene in piedi sull'altra riva e fi-
schiare per far venire Rorie con la sua barca. Non ebbi bisogno di ripetere il segnale. Al primo richiamo Mary era già sulla porta sventolando un fazzoletto a mo' di risposta, e il vecchio servitore dalle lunghe gambe si dirigeva con passo stra-
scicato per la discesa di ghiaia verso il molo. Pur affrettando-
si, gli ci volle parecchio per attraversare la baia, e lo vidi diverse volte fermarsi, andare a poppa e scrutare curiosamente
sulla scia. Quando si avvicinò mi apparve più vecchio e spa-
ruto, e sembrava che evitasse il mio sguardo. La barca era
stata riparata: due dei banchi erano nuovi e aveva diverse

---

[3] Seguaci del predicatore scozzese Richard Cameron (XVIII sec.), che divennero la
«Chiesa Presbiteriana Riformata di Scozia».

toppe di un legno esotico, bello e raro, di cui non conoscevo il nome.

«Perbacco, Rorie», dissi io, mentre cominciavamo il viaggio di ritorno, «questo è legno pregiato. Dove l'hai preso?»

«È duro da lavorare», replicò lui con una certa riluttanza, e proprio allora, abbandonando i remi, fece un altro di quegli scatti verso poppa che avevo già notato mentre attraversava per venirmi a prendere. Poggiandosi con una mano alla mia spalla, fissò con uno sguardo inquieto le acque della baia.

«Cosa c'è che non va?», chiesi, piuttosto stupito.

«Deve essere un grosso pesce», disse il vecchio tornandosene ai suoi remi; e non riuscii a cavargli altro, se non occhiate strane e un sinistro tentennare del capo. Mio malgrado, venni contagiato da una certa sensazione di disagio, e anch'io mi volsi a osservare la scia. L'acqua era calma e trasparente, ma lì al largo, nel mezzo della baia, estremamente profonda. Per qualche tempo non riuscii a scorgere nulla, ma infine mi sembrò come se qualcosa di scuro — un grosso pesce, o forse solo un'ombra — seguisse attentamente la scia della barca in movimento. Mi ricordai allora di una delle superstizioni di Rorie, e cioè che in uno stretto, a Morven, durante una lunga, sanguinosa faida tra i *clan*, un pesce come non se n'era mai visto nelle nostre acque, aveva seguito per anni il passaggio della nave traghetto finché nessuno aveva più osato effettuare la traversata.

«Starà aspettando l'uomo giusto», concludeva Rorie.

Mary mi venne incontro sulla spiaggia e mi condusse su per la riva fino alla casa di Aros. C'erano molti cambiamenti, sia all'esterno che all'interno. Il giardino era recintato da uno steccato dello stesso legno che avevo notato sulla barca; in cucina vi erano sedie ricoperte da uno strano broccato; tende anch'esse di broccato pendevano alla finestra; un orologio se ne stava silenzioso sulla credenza; una lampada di ottone oscillava, appesa al soffitto; la tavola era apparecchiata per il pranzo con la biancheria e l'argenteria più fini; e tutte queste nuove ricchezze venivano messe in mostra nella vecchia, semplice cucina che conoscevo tanto bene, con la panca dall'alto schienale, gli sgabelli e l'armadio contenente il letto richiudibile per Rorie; con l'ampio camino in cui brillava il sole e la torba faceva un fuoco chiaro; con le pipe sulla mensola del camino e le sputacchiere triangolari sul pavimento, piene di conchiglie invece che di sabbia; con i nudi muri di pietra e lo spoglio pavimento di legno e i tre tappeti di patchwork[4] che erano un tempo il suo solo ornamento — patchwork di povera gente, di un genere sconosciuto in città, fatto con stoffa tessuta in casa, e panno nero, e tela da marinaio consunta al banco del rematore. La stanza, come la casa, era stata una specie di meraviglia per quella zona di campagna, tanto era linda e confortevole, e vederla adesso come disonorata da quelle aggiunte incongrue mi riempiva di indignazione e di una sorta di rabbia. In vista dello scopo con cui ero venuto ad Aros, questo sentimento era infondato e ingiusto; ma divampò subito, sulle prime, nel mio cuore.

«Mary, ragazza mia», dissi, «questo è il luogo che ho imparato a chiamare casa mia, e non lo riconosco.»

«È casa mia per nascita, non per acquisizione», replicò lei; «il posto dove sono nata e dove probabilmente morirò; e non mi piacciono questi cambiamenti, né il modo in cui sono venuti, né ciò che è venuto con loro. Avrei preferito, a Dio piacendo, che queste cose fossero sprofondate in mare, e che i *Merry Men* adesso ci stessero ballando sopra.»

Mary era sempre seria; questo era forse l'unico tratto che avesse in comune con suo padre; ma il tono con cui pronunciò queste parole era ancora più grave del solito.

«Già», dissi io, «ho paura che provengano da un naufragio, cioè dalla morte. Eppure quando mio padre morì presi senza rimorso quello che mi lasciava.»

«Tuo padre è morto di una morte limpida e chiara, come dice il proverbio», rispose Mary.

«Vero», dissi io; «un naufragio invece è come un giudizio. Come si chiamava?»

«Si chiamava *Christ-Anna*», disse una voce dietro di me, e, voltandomi, vidi mio zio in piedi sulla soglia.

Era un uomo arcigno, piccolo, bilioso, dalla faccia lunga e gli occhi molto scuri; aveva cinquantasei anni, un fisico solido e attivo e un'aria che stava a metà tra il pastore e l'uomo di mare. Non l'avevo mai sentito ridere: leggeva a lungo la Bib-

---

[4] Vari pezzi di stoffe multicolori di qualità diversa cuciti insieme, spesso a formare un disegno geometrico.

bia e pregava molto, come i Cameroniani tra cui era stato allevato; anzi, a dire il vero, mi ricordava per molti versi uno di quei predicatori che giravano per le colline negli anni turbolenti che precedettero la Rivoluzione; ma non trasse mai molto conforto e neppure (lo pensavo spesso) alcun ammaestramento dalla sua devozione. Aveva i suoi momenti neri quando lo assaliva la paura dell'inferno, ma aveva condotto una vita rude, alla quale ripensava con rimpianto, ed era ancora un uomo violento, freddo, cupo.

Al suo entrare dalla porta, fuori dalla luce del sole, con il berretto in testa e la pipa che gli pendeva all'occhiello, anche lui, come Rorie, apparve più vecchio e più pallido: le righe gli solcavano profondamente il viso e il bianco degli occhi era giallastro, come avorio vecchio maculato o le ossa dei morti.

«Già, la *Christ-Anna*», ripeté indugiando sulla prima parte della parola; «un nome tremendo!»

Gli porsi i saluti e mi congratulai per il suo aspetto, poiché temevo che fosse stato malato.

«Sono ancora nel mio corpo», replicò piuttosto bruscamente; «nel mio corpo, già, con tutti i miei peccati, come te. Pranzo!», disse d'un tratto a Mary, quindi di nuovo a me: «Cose stupende, quelle che abbiamo preso, vero? Ecco là un bell'orologio, anche se non cammina; e c'è biancheria per tutti i giorni. Cose belle, raffinate: per roba del genere la gente si vende la pace di Dio, al di là di ogni comprensione; è per roba come questa e forse neppure di così grande valore, che la gente sfida Dio al suo stesso cospetto e poi brucia nell'inferno; ed è per tale ragione che certa roba, nelle Scritture — così io leggo quel passaggio — è chiamata roba maledetta. Mary, tu, ragazza mia!», si interruppe per gridare in tono aspro, «per quale motivo non hai tirato fuori i due candelieri?».

«Perché dovremmo averne bisogno, in pieno giorno?», domandò lei.

Ma mio zio non aveva intenzione di cambiare idea. «Ce li godremo finché possiamo», disse; e così due massicci candelieri di argento lavorato vennero aggiunti all'arredo della tavola, già così bizzarro per quella rozza fattoria di mare.

«Venne a riva il 10 febbraio, alle dieci di notte circa», proseguì rivolto a me. «Non c'era vento, ma il mare era molto brutto. Credo sia stata presa nel risucchio del *Roost*. L'abbiamo vista tutto il giorno, Rorie e io, sbattuta dal vento. Mi pare che non fosse un vascello maneggevole, quel *Christ-Anna*: non riusciva né a governare né a tenere la rotta. Avevano avuto una giornata terribile: sempre con le mani alle vele, ed era mortalmente freddo — troppo freddo per nevicare. E poi, sì, pigliavano un po' di vento e si allontanavano di nuovo, tanto per cullarsi invano nella speranza. Eh, ragazzo! Che brutta giornata hanno passato, per essere l'ultima! Sarebbe scoppiato il cuore di orgoglio a chi fosse riuscito a prendere terra in un pasticcio del genere.»

«E sono morti tutti?», gridai. «Che Dio li aiuti!»

«Sssst!», fece lui con durezza. «Nessuno pregherà per i morti sulla pietra del mio focolare.»

Negai ogni senso papista[5] alla mia esclamazione: lui sembrò accettare il mio diniego con insolita facilità e subito tornò a quello che, evidentemente, era diventato il suo argomento favorito.

«L'abbiamo trovata a Sandag Bay, Rorie e io, con tutte queste belle cose dentro. Vedi, c'è una roba piuttosto pericolosa lì intorno a Sandag: a volte il risucchio scorre forte verso i *Merry Men*»; altre volte, invece, quando la marea si sta alzando e si può udire il *Roost* che infuria all'altra estremità di Aros, ecco che arriva un colpo di ritorno della corrente dritto dentro Sandag Bay. Bene, ecco cos'è che si era impadronito della *Christ-Anna*; deve essere entrata di gran carriera, a poppa in avanti, perché la prua è sommersa, e la parte posteriore emerge dall'acqua ad alta o a bassa marea. Ma, ragazzo! il colpo con cui è venuta giù quando ha urtato! Dio ci salvi tutti, è una gran brutta vita quella del marinaio — una vita di freddo e di pericolo. Tante volte io pure sono stato lì lì per andare a fondo: perché mai il Signore ha creato quell'immonda acqua, ecco una cosa che non capirò mai. Egli ha creato le valli e i pascoli, la bella campagna verde, la terra sicura e confortevole

> E ora a te gridano e cantano,
> Perché tu li hai resi felici,

[5] Papista è un termine spregiativo per cattolico. La religione calvinista, alla quale appartengono i protagonisti del racconto, vieta ogni forma di culto dei defunti e dei santi, considerato un retaggio del vecchio culto cattolico, rigettato con la Riforma.

come dicono i versi del salmo. Non che io voglia tenere su la mia fede con i versi, sia chiaro; però è bello, e poi è più facile da ricordare. "Quelli che vanno per mare", dicono ancora

> E in grandi acque trafficano,
> E negli abissi tali uomini vedono
> Le opere di Dio e le sue grandi meraviglie.

Be', è facile dire così. Forse David non aveva grande familiarità col mare. Ma, sul serio, se non fosse stampato nella Bibbia, qualche volta sarei tentato di pensare che non sia stato il Signore, ma il grande, nero demonio a creare il mare. Non ne viene fuori nulla di buono, tranne il pesce; e lo spettacolo di Dio che cavalca la tempesta, ecco, che poi dev'essere ciò a cui David si riferisce. Ma, ragazzo, erano prodigi tremendi quelli che Dio ha mostrato alla *Christ-Anna*!... Prodigi, ma che dico? Giudizi, piuttosto: giudizi nella notte tenebrosa, in mezzo ai dragoni degli abissi. E le loro anime — a pensarci — le loro anime, ragazzo, che forse non erano preparate!... Il mare! una bella porta per l'inferno.»

Osservai, mentre mio zio parlava, che la sua voce era agitata in modo innaturale e il suo gestire insolitamente enfatico. A queste ultime parole, per esempio, si chinò in avanti e mi toccò il ginocchio con le dita aperte, alzando lo sguardo e fissandomi in volto con un certo pallore; potei così scorgere in fondo ai suoi occhi il brillìo di un fuoco lontano, e le righe intorno alla bocca, tese e tremanti.

Nemmeno l'ingresso di Rorie e l'inizio del nostro pasto lo distaccarono dal corso dei suoi pensieri per più di un momento. Ebbe la gentilezza, è vero, di chiedermi notizie dei miei studi al College, ma credo lo facesse solo con metà della testa; e perfino mentre improvvisava l'atto di ringraziamento (che fu, al solito, lungo e tortuoso) potei scorgere una traccia delle sue preoccupazioni, perché pregò Dio di «ricordarsi nella sua misericordia di alcune povere, deboli, vane creature del peccato, qui, al riparo dal vento, accanto alle grandi e cupe acque».

Poco dopo, ci fu uno scambio di frasi tra lui e Rorie.

«Era là?», chiese mio zio.

«Oh, sì!», rispose Rorie.

Osservai che entrambi parlavano in una sorta di «a parte»,

mostrando un certo imbarazzo, e che Mary stessa parve av-vampare, mentre abbassava lo sguardo sul piatto. Un po' per mostrare che ero al corrente della cosa e alleggerire così una tensione imbarazzante, un po' per curiosità, entrai nell'argo-mento.

«Volete dire il pesce?», chiesi.

«Quale pesce?», gridò mio zio. «Pesce, dice lui! Pesce! Hai gli occhi foderati, ragazzo, la testa confusa da idee mate-riali! Pesce! È uno spirito!»

Parlava con grande veemenza, come se fosse arrabbiato; e io forse non volevo essere zittito così in malo modo, perché i giovani amano discutere; comunque, ricordo che ribattei con calore, gridando contro quelle superstizioni infantili.

«E tu sei uno che viene dal College!», disse zio Gordon con un fare di scherno. «Lo sa Dio cosa insegnano alla gente, lì; a ogni modo, non mi pare un granché. Caro mio, credi dunque che non ci sia niente in quel mondo selvaggio e salato lì fuori a ovest, se non il rigoglio delle alghe, le zuffe dei pesci e il sole che vi si riflette giorno dopo giorno? No, il mare è come la terra, anzi, più temibile. Se c'è gente sulla terra, c'è gente an-che nel mare — morti, forse, ma sempre gente. E per quanto riguarda i diavoli, non c'è nessuno che sia come i diavoli ma-rini. I diavoli della terra non sono poi così dannosi, tutto sommato. Tempo fa, quando ero un ragazzo, giù nel meri-dione, ricordo che nel Peewie Moss dimorava uno spirito. Era vecchio, calvo. Io stesso una volta l'ho intravisto, grigio come una tomba, seduto accosciato su una torbiera, come un rospo spaventoso. Ma non faceva del male a nessuno. Senza dubbio, se qualche reprobo, uno non in grazia del Signore, fosse passato da quelle parti con i suoi peccati ancora sullo stomaco — senza dubbio quella creatura gli sarebbe saltata addosso. Ma ci sono demoni giù nel fondo del mare che insi-dierebbero un comunicando! Eh, signori miei, se foste colati a picco assieme a quei poveri ragazzi della *Christ-Anna*, ades-so la conoscereste la misericordia del mare! Se ci aveste veleg-giato sopra quanto me, inorridireste solo al pensiero, così co-me inorridisco io. Ma cercate di usare gli occhi che Dio vi ha dato e apprenderete la malvagità di una simile creatura falsa, salata, fredda, schiumeggiante e di tutto ciò che vi sta dentro con licenza del Signore: aragoste e granchi, e altri animali del genere, che scavano nei morti; balene gonfie e sbuffanti; e i pesci, l'intera famiglia dei pesci, esseri biechi dal sangue freddo e dagli occhi ciechi. Oh, signori», urlò, «che orrore, che orrore il mare!»

Restammo tutti piuttosto sconcertati dalla violenza di quella esclamazione; lui stesso dopo quell'ultima, rauca invettiva sembrò sprofondare cupamente nei propri pensieri. Ma Rorie, avido di superstizione, lo riportò sull'argomento con una domanda:

«Non ha mai visto, per caso, un diavolo del mare?», chiese.

«No, è chiaro», replicò l'altro. «Dubito che un uomo possa vederne uno in faccia senza rendere l'anima. Ho navigato con un giovanotto — Sandy Gabart, si chiamava; lui ne vide uno, di sicuro, e di sicuro fu la sua fine. Eravamo a sette giorni di navigazione al largo del Clyde — ed era stata dura —, diretti a nord con sementi e roba simile per i Macleod. Dopo essere andati all'orza fin quasi ai Cutchullens, avevamo appena doppiato Soa e avevamo preso una bordata lunga che avrebbe tenuto, pensavamo, forse fino a Copnahow. Ricordo bene quella notte: la luna velata da un po' di foschia; una bella brezza, sostenuta ma non costante, a fior d'acqua e — cosa che non piaceva a nessuno — un altro vento che turbinava al di sopra delle nostre teste tra quei vecchi, spaventosi picchi dei Cutchullens. Bene, Sandy era al fiocco, a prua, e noi non potevamo vederlo per via della vela maestra, che aveva appena iniziato a tirare, quando tutt'a un tratto lui gettò un urlo. Io orzai preoccupato per la pelle, pensando che ci fossimo accostati troppo a Soa, e invece no, non era quello, era il povero Sandy Gabart col suo grido di morte, o quasi, perché se ne andò in una mezz'ora. Tutto quello che riuscì a dire fu che un demone, o uno spirito, o una larva marina o che so io, era salita su, accanto al bompresso e gli aveva lanciato uno sguardo freddo e malvagio. E prima ancora che la vita fuggisse dal corpo di Sandy, capimmo bene il significato dell'accaduto e perché il vento turbinasse tra le vette dei Cutchullens; venne giù, infatti (e io lo chiamo vento! vento della collera divina!), e per tutta quella notte lottammo come forsennati. Quando rientrammo in noi, eravamo sulla spiaggia del Loch Uskevagh e i galli cantavano al sole nascente a Benbecula.»

«Sarà stato un tritone», disse Rorie.

«Un tritone!», sbraitò mio zio con infinito disprezzo. «Ciance di comari! Non esistono esseri come i tritoni!»

«Ma che aspetto aveva quella creatura?», chiesi io.

«Che aspetto aveva? Dio voglia che non se ne conosca l'aspetto! Aveva una specie di testa: l'uomo non poté dire di più.»

A quel punto Rorie, offeso per l'affronto, cominciò a raccontare varie storie di sirene, tritoni, cavalli marini che erano approdati sulle isole o avevano aggredito gli equipaggi dei battelli in navigazione; e mio zio, nonostante il suo scetticismo, stette ad ascoltarlo con malcelato interesse.

«Certo, certo», disse, «può darsi che sia così oppure no. Ma non ho trovato nessun riferimento ai tritoni, nelle Scritture.»

«E magari neppure al *Roost* di Aros», obiettò Rorie, e questa sua osservazione parve avere un certo peso.

Terminato il pranzo, mio zio mi condusse con sé su un'altura dietro la casa. Era un pomeriggio molto caldo e tranquillo: appena un'increspatura sulla superficie del mare: non una voce, tranne quelle, familiari, delle pecore e dei gabbiani. Grazie, forse, a tanta quiete della natura, anche il mio parente sembrava più pacato e ragionevole di prima. Parlò in modo normale e quasi cordiale delle mie occupazioni, facendo ogni tanto riferimento al relitto giunto ad Aros e alle ricchezze che aveva portato. Da parte mia, gli prestavo orecchio in una specie di rapimento, riempiendomi il cuore di quella vista tanto viva nella memoria, felice di bere a pieni polmoni l'aria marina e il fumo del fuoco di torba che Mary aveva acceso.

Era trascorsa in questo modo circa un'ora, quando mio zio, che per tutto il tempo aveva tenuto d'occhio di soppiatto la superficie della piccola baia, si alzò invitandomi a seguire il suo esempio. A questo punto dovrei dire che la grande spinta della marea all'estremità sud-occidentale di Aros esercita un'influenza perturbatrice su tutta la costa. A sud, nella Sandag Bay, si produce una forte corrente di andata e di ritorno a seconda dell'alta o bassa marea; ma in quella baia a settentrione, chiamata Aros Bay, dove si trovava la casa e dove mio zio stava ora puntando lo sguardo, il solo accenno di perturbazione si produce verso la fine della fase calante, e anche allora è talmente poca cosa da non essere degna di nota. Se spira appena un filo di brezza, non si vede nulla, ma se c'è bonaccia, come accade sovente, sulla trasparente superficie della baia appaiono dei segni strani e indecifrabili: una specie di alfabeto del mare, potremmo dire. La stessa cosa accade, comunemente, in migliaia di posti della costa, e chissà quanti ragazzi devono essersi divertiti, come me, a leggerci dentro qualche riferimento a loro stessi o alle persone che amavano. Su tali segni mio zio attirava ora la mia attenzione, lottando, nel fare ciò, contro una palese ripugnanza.

«Lo vedi quel graffio sull'acqua?», domandò, «lì a ovest di quello scoglio grigio? Vedi? Bene, non ti pare che somigli a una lettera, vero?»

«Certo», risposi. «L'ho notato spesso. Sembra una C.»

Sospirò, come profondamente dispiaciuto della mia risposta; poi aggiunse come bisbigliando: «Già, per il *Christ-Anna*».

«Di solito, signore, pensavo che fosse per me», dissi, «visto che il mio nome è Charles.»

«Ah, l'avevi veduta anche prima?», continuò, senza badare troppo alla mia osservazione. «Bene, bene, è ancora più strano. Forse sta lì in attesa, come si dice, da secoli e secoli. È terribile!» E poi, interrompendosi bruscamente: «E mica ne vedi un'altra?».

«Sì», dissi. «Ne vedo un'altra molto chiaramente, dalla parte del Ross, dove la strada discende: una M.»

«Una M», ripeté lui, a voce molto bassa; poi, dopo un'altra pausa: «E di questa che ne pensi?», chiese.

«Ho sempre pensato che volesse dire Mary, signore», risposi non senza arrossire, sicuro di essere ormai sulla soglia di una dichiarazione decisiva.

Ma ognuno di noi seguiva il filo dei propri pensieri, ignorando quelli dell'altro. Di nuovo mio zio non prestò attenzione alle mie parole: abbassò solamente il capo, restandosene fermo e zitto. Avrei potuto credere che non avesse neppure udito la mia frase, se ciò che disse dopo non ne avesse contenuta una sorta di eco.

«Non bisogna dire nulla di tutto questo a Mary», osservò, e si mosse, incamminandosi.

Attorno ad Aros Bay si snoda una cintura di terra erbosa

dove il passo è agevole: lungo di essa seguii il mio silenzioso parente. Forse ero un po' insoddisfatto di essermi lasciato sfuggire un'occasione così favorevole per dichiarare il mio amore, ma al tempo stesso ero ancor più vivamente preoccupato dal cambiamento che si era prodotto in mio zio. Non era mai stato un uomo come gli altri né, in senso stretto, una persona amabile, ma nulla, sia pure nei lati peggiori che avevo conosciuto prima, mi aveva preparato a una trasformazione così straordinaria. Era impossibile chiudere gli occhi su un fatto: aveva, come si dice, un peso sul cuore; e mentre passavo mentalmente in rassegna le varie parole che potevano essere simboleggiate dalla lettera M — miseria, misericordia, matrimonio, moneta e via dicendo — mi arrestai con una specie di sussulto alla parola morte. Stavo ancora considerando l'orribile suono e il significato fatale di quella parola, quando i nostri passi ci condussero in un punto in cui la vista poteva spaziare sia indietro, verso Aros Bay e la casa, sia in avanti, verso l'oceano punteggiato a nord di isolotti e aperto a sud verso il cielo in una distesa azzurra. Qui si volse verso di me, posandomi una mano sul braccio.

«Credi che non ci sia nulla laggiù?», disse, facendo segno con la pipa; e poi gridò forte, come esaltato: «Te lo dico io, ragazzo! Ci sono i morti, laggiù, fitti come topi!».

Si volse di scatto, e senza una parola rifacemmo il cammino di ritorno verso la casa di Aros.

Ero ansioso di ritrovarmi solo con Mary. Eppure, soltanto dopo cena — e anche allora per un breve momento — potei scambiare una parola con lei. Non persi tempo in preamboli: le dissi chiaro e netto quello che avevo in cuore.

«Mary», le dissi, «non sono venuto ad Aros senza una speranza. Se questa si rivelerà fondata, potremo lasciare questo posto e andarcene tutti altrove, sicuri del pane quotidiano e di un certo benessere; sicuri, forse, di molto di più, anche se in questo momento sarebbe assurdo da parte mia prometterlo. Ma c'è una speranza più vicina al mio cuore, che non è il denaro.» E qui feci una pausa. «Puoi immaginare di cosa si tratta, Mary», dissi. Lei guardava altrove, silenziosa, il che non era molto incoraggiante. Ma ero deciso a non lasciarmi distogliere dal mio proposito. «Non c'è stato giorno che io non abbia pensato a te, quanto più non si potrebbe», proseguii, «e più il tempo passa più penso a te; non mi sembra di poter essere felice e appagato, nella mia vita, senza di te: sei come la luce dei miei occhi.» Lei guardava sempre lontano, senza pronunciare parola; ma mi parve che le sue mani tremassero. «Mary», gridai pieno di paura, «forse non ti piaccio?»

«Oh, Charlie caro!», esclamò lei; «ti sembra questo il momento di parlarne? Lasciami stare per un po'; lasciami stare come sono; in questa attesa il danno maggiore non spetta a te!»

Dal tono della sua voce capii che stava per piangere, e ciò mi distrasse da ogni pensiero che non fosse quello di calmarla. «Mary Ellen», dissi, «non aggiungere altro. Non sono venuto per farti soffrire. Vorrò quello che tu vorrai; sceglierò l'ora che tu sceglierai. Quello che volevo sapere me lo hai detto. Però, soltanto un'altra domanda: che cosa ti addolora?»

Ammise che si trattava di suo padre, ma non volle entrare in particolari. Si limitò a scuotere il capo, dicendo che non stava bene e non era più lui, e che tutto questo era molto triste. Del relitto non sapeva nulla. «Non mi ci sono neppure accostata», disse, «perché avrei dovuto accostarmici, Charlie caro? Da un bel po', quegli infelici sono andati a rendere conto di sé, e io avrei solo voluto che si fossero portati appresso tutte le loro cose... Povere anime!»

Questo discorso non mi incoraggiava davvero a parlare dello *Espirito Santo*; tuttavia lo feci, e subito, al primo accenno, lei gridò, sorpresa: «C'era un uomo a Grisapol, il maggio scorso — piccolo, mi hanno detto, di carnagione scura, giallastro, con anelli d'oro alle dita e la barba... Non faceva che parlare della stessa nave».

Il Dr. Robertson mi aveva consegnato quei documenti da riordinare nel mese di aprile. Mi tornò in mente che venivano messi a posto in quel modo per uno storico spagnolo, o comunque per uno che si qualificava tale. Costui si era presentato al preside munito di credenziali molto autorevoli per una missione di ricerca sulla dispersione della grande *Armada*. Collegando gli indizi, mi persuasi che il forestiero «con anelli d'oro alle dita» altri non fosse che lo storico madrileno del Dr. Robertson. Se le cose stavano così, era assai più probabile che costui fosse a caccia di tesori per se stesso che non di informazioni per qualche dotta associazione. Decisi in cuor mio di non perdere più tempo: se la nave giaceva in fondo a Sandag Bay, come forse lui e io supponevamo, non sarebbe stato a vantaggio di quell'avventuriero ingioiellato; ma di Mary, e mio, e della buona, antica, onorata e onesta famiglia dei Darnaway.

III. *Terra e mare a Sandag Bay*

Fui in piedi presto la mattina seguente; e appena ebbi mangiato un boccone uscii per un giro esplorativo. Qualcosa in cuore mi diceva distintamente che avrei trovato la nave dell' *Armada*, e sebbene non mi abbandonassi interamente a tali fiduciose speranze, avevo tuttavia il morale molto alto e camminavo sentendomi leggero leggero. Aros è un'isoletta piuttosto accidentata, cosparsa di grosse rocce e ricoperta di felci ed erica, e il mio percorso attraversava quasi da nord a sud il rilievo più alto: benché l'intera distanza non superasse le due miglia, occorreva più tempo e più sforzo che per quattro miglia su una strada pianeggiante. Giunto sulla sommità, mi fermai. Pur non essendo molto elevata — poco più di un centinaio di metri, credo — supera comunque tutte le vicine terre basse del Ross e offre un'ampia vista del mare e delle isole. Il sole, sorto da poco, mi batteva già caldo sul collo; l'aria era immobile e burrascosa, sebbene perfettamente limpida; lontano, a sud ovest, dove le isole si raggruppano più fittamente, circa una mezza dozzina di piccole nuvole sfilacciate erano sospese insieme in un grappolo, e la cima del Ben Kyaw non inalberava semplicemente qualche pennacchio, ma un solido, compatto cappuccio di vapori. Il tempo era minaccioso. Il mare, è vero, era liscio come vetro: perfino il *Roost* era solo un'incrinatura in quell'ampio specchio, e i *Merry Men* niente più che riccioli di spuma; ma al mio occhio e al mio orecchio, che tanta familiarità avevano con questi luoghi, anche il mare sembrava giacere inquieto; un suono, come un lungo sospiro, salì fin dove mi trovavo; e, tranquillo com'era, lo stesso *Roost* sembrava stesse tramando qualche malefatta: perché devo dire che tutti noi di queste parti attribuiamo, se non una virtù profetica, almeno un ruolo ammonitore a quella strana e pericolosa creatura delle maree.

Mi affrettai, allora, a proseguire con la massima velocità, e ben presto avevo disceso il pendio di Aros dalla parte che chiamiamo Sandag Bay. È uno specchio d'acqua bello grande in confronto alle dimensioni dell'isola, ben riparato da tutto tranne dal vento di maestrale; sabbioso, basso e delimitato da modeste dune a ovest, ma profondo diverse braccia a est, lungo un promontorio di rocce. È da questo lato che, a un dato momento di ogni marea, la corrente menzionata da mio zio si riversa con così tanta forza nella baia; subito dopo, quando il *Roost* si intensifica, si produce un riflusso ancora più forte in direzione opposta: ed è proprio l'azione di quest'ultimo, suppongo, che ha scavato questa parte così profondamente. Da Sandag Bay non si riesce a vedere nulla, tranne un piccolo segmento di orizzonte e, col brutto tempo, i frangenti che volano alti sopra una profonda scogliera sommersa.

Da mezza costa giù per la collina avevo scorto il relitto dello scorso febbraio, un brigantino di considerevole tonnellaggio che giaceva, con la carena spezzata, alto e in secca sul lembo orientale della zona sabbiosa. Mi dirigevo speditamente verso di esso ed ero già quasi al margine del tappeto erboso, quando il mio sguardo fu improvvisamente attratto da un punto liberato dalle felci e dall'erica, e segnato da uno di quei tumuli lunghi, bassi e dall'aspetto quasi umano che si vedono così frequentemente nei cimiteri. Mi arrestai come se mi avessero sparato. Non mi era stato detto nulla circa la morte o il seppellimento di un uomo sull'isola; Rorie, Mary e mio zio avevano tutti tenuto ugualmente la bocca chiusa; anche se di lei, almeno, potevo essere certo che non ne sapeva niente. Tuttavia, qui, di fronte ai miei occhi, c'era la prova inconfutabile di un fatto. Qui c'era una tomba, e io ero costretto a domandarmi, con un brivido, quale tipo di uomo vi giacesse nel suo ultimo sonno, aspettando il segnale del Signore in quel solitario luogo di estremo riposo, flagellato dal mare. La mia mente non mi forniva alcuna risposta, se non quella che avevo paura di formulare. Un naufrago, di certo, doveva esserlo; venuto, forse, come gli antichi marinai dell'*Armada*, da qualche lontana e ricca terra d'oltremare; o forse uno della mia stessa razza, morto in vista del fumo del suo focolare. Rimasi lì vicino a capo scoperto per un po', e quasi desideravo che la nostra religione mi permettesse di recitare una preghiera per quell'infelice sconosciuto, oppure, secondo le antiche usanze, di onorare con qualche segno esterno la sua sventura. Sapevo bene che, sebbene le sue ossa giacessero lì, ormai parte di Aros finché non fossero suonate le trombe del Giudizio, la sua anima immortale era altrove, lontanissima, tra i rapimenti dell'eterno Sabba o le pene dell'inferno; eppure la mia mente mi tradiva fino a infondermi la paura che forse lui era lì, vicino a me, a guardia del suo sepolcro, indugiando sulla scena del suo infelice destino.

Fu certamente con spirito alquanto rattristato che mi rivolsi dalla tomba allo spettacolo un po' meno malinconico del relitto. La sua carena superava il primo arco della marea; era spaccata in due appena dietro l'albero di trinchetto — sebbene di alberi non ne avesse più, essendosi entrambi spezzati alla base nella catastrofe; e siccome la spiaggia scendeva con un'inclinazione molto ripida e la prua si trovava in tal modo parecchi metri al di sotto della poppa, la frattura si spalancava largamente, lasciando passare lo sguardo da una parte all'altra del suo povero scafo. Il nome era molto cancellato, e non riuscii a decifrare con chiarezza se si chiamasse *Christiania*, come la città norvegese, oppure *Christiana*, come la pia donna moglie di Christian in quel vecchio libro che è il *Pilgrim's Progress*. Dal tipo di costruzione, si sarebbe detta una nave straniera, ma non ero certo della sua nazionalità. Un tempo doveva essere stata dipinta di verde, ma il colore era sbiadito e corroso dalle intemperie, tanto che la vernice veniva via a piccole strisce. Al suo fianco giaceva il moncone dell'albero maestro, mezzo sepolto dalla sabbia. Era davvero una vista desolante, e io non riuscivo a posare senza emozione lo sguardo sui pezzi di cavo ancora penzolanti, un tempo manovrati senza posa tra il vociare dei marinai, né sul piccolo portello dal quale in tanti erano passati in su e in giù, affaccendati, né sul povero angelo dal naso rotto della polena che si era tuffato così spesso nei marosi ribollenti.

Non so se derivasse maggiormente dal relitto o dalla tomba, ma caddi in una malinconica fantasticheria, mentre me ne stavo lì in piedi, una mano poggiata sul fasciame corroso.

Mi colpiva molto il pensiero di quegli uomini, e perfino di
quei vascelli inanimati, sradicati dalla loro patria, gettati su
lidi sconosciuti. Trarre profitto da certe pietose disavventure
mi pareva un atto disumano e sordido, e cominciai a pensare
anche alla mia ricerca come a qualcosa di sacrilego.

Al ricordo di Mary, però, presi di nuovo coraggio. Mio zio
non avrebbe mai acconsentito a un matrimonio imprudente,
né lei, ne ero convinto, si sarebbe mai sposata senza la sua
piena approvazione. Spettava a me, dunque, darmi da fare
per mia moglie; e pensai con una risata a quanto tempo fosse
passato da quando quella grande fortezza del mare, la *Espirito Santo*, aveva lasciato le sue ossa a Sandag Bay, e quanto
sarebbe stato inutile tenere in considerazione diritti estinti da
così lungo tempo e sventure ormai dimenticate negli anni.

Avevo una mia teoria su dove cercare i resti. L'andamento
della corrente e i fondali indicavano ambedue il lato orientale
della baia, sotto lo sperone roccioso. Se la nave era andata
perduta a Sandag Bay e se dopo tanti secoli esisteva ancora
una parte di lei che si teneva assieme, era lì che l'avrei trovata.
L'acqua, come ho detto, si fa profonda con grande rapidità,
e anche lungo le rocce misura subito diverse braccia. Mentre
camminavo sulla sponda, potevo vedere in lungo e in largo il
fondale sabbioso della baia: il sole splendeva nelle profondità, chiaro, verde, fermo, e la baia sembrava piuttosto un
grande cristallo trasparente, come se ne vedono in un negozio
di incisore; nulla stava a indicare che fosse acqua se non un
tremore interno, un rabbrividire interiore di scintillii e ombre
intrecciate, e di tanto in tanto un debole sciabordio e un gor-
goglio morente presso la riva. Ai piedi delle rocce si stendeva,
per una certa distanza, la loro ombra; e la mia ombra stessa,
muovendosi, fermandosi e curvandosi lì sopra, giungeva a
volte quasi al centro della baia. Era soprattutto in questa fa-
scia di ombre che andavo cercando la *Espirito Santo*, perché
era là che la corrente di riflusso scorreva più forte, sia verso
l'interno che verso l'esterno. Per fresca che sembrasse tutta
l'acqua in un giorno così cocente, in quel luogo sembrava ancora più fresca, e offriva allo sguardo un misterioso invito.

Per quanto scrutassi, tuttavia, non mi riusciva di vedere
nulla tranne qualche pesce e un cespuglio di laminaria, e qua
e là qualche frammento di roccia caduto dall'alto, giacente

isolato sulla sabbia del fondo. Per due volte percorsi da un capo all'altro quella zona rocciosa, e in tutto quello spazio non vidi traccia del relitto né alcun luogo dove si potesse probabilmente trovare, tranne uno: si trattava di un'ampia piattaforma a una decina di metri sott'acqua, notevolmente rialzata rispetto alla superficie e che, vista dall'alto, sembrava una semplice appendice delle rocce su cui stavo camminando: era un'unica massa di grandi laminarie, come un boschetto, il che rendeva impossibile stabilirne la natura, ma per forma e dimensioni aveva qualche somiglianza con lo scafo di un vascello. In ogni caso, era la mia sola possibilità. Se la *Espirito Santo* non giaceva lì, sotto le laminarie, non si trovava in assoluto a Sandag Bay, da nessun'altra parte; e io mi accinsi a mettere alla prova la mia ipotesi, una volta e per sempre: sarei tornato ad Aros come un uomo ricco, oppure guarito per sempre dai sogni di ricchezza.

Mi spogliai completamente, e rimasi in piedi sull'orlo della roccia, le mani intrecciate, indeciso. La baia in quel momento era totalmente tranquilla; non si sentiva altro suono che quello proveniente da un branco di focene, da qualche parte oltre il promontorio, fuori vista. Pure, un certo timore mi tratteneva sulla soglia della mia impresa. Fosche apprensioni verso il mare, brandelli delle superstizioni di mio zio, il pensiero dei morti, della tomba, delle antiche navi infrante, tutto questo passò veloce nella mia mente; ma il forte sole sulle mie spalle mi riscaldò fino al cuore: mi chinai avanti e mi tuffai in acqua.

Tutto quello che riuscii a fare fu acchiappare un ciuffo della laminaria che cresceva così fitta sulla piattaforma; ma una volta ancorato in questo modo, mi assicurai afferrando un'intera bracciata di quegli steli sottili e scivolosi e, puntando i piedi contro il bordo, mi guardai intorno. Da ogni lato la sabbia chiara si stendeva ininterrotta; giungeva ai piedi degli scogli, scavata dalla corrente come il viale di un giardino; e davanti a me, fin dove potevo vedere, non c'era altro che la stessa sabbia, fittamente ondulata, sul fondo della baia illuminato dal sole. Però la piattaforma dove in quel momento mi tenevo era ricoperta di vegetazione marina fitta come un cespuglio di erica, e la parete rocciosa dalla quale sporgeva era drappeggiata, sotto il pelo dell'acqua, da liane marroni.

In questo intrico di forme, che ondeggiavano tutte nella corrente, era difficile distinguere le cose; e io ero ancora incerto se i miei piedi premevano la roccia naturale o le assi del vascello con il tesoro dell'Armada, quando l'intero ciuffo di laminaria si strappò rimanendomi in mano: in un istante mi ritrovai alla superficie, con le sponde della baia e l'acqua scintillante che ondeggiavano davanti ai miei occhi in un fulgore purpureo.

Mi arrampicai di nuovo sulle rocce e gettai la pianta di laminaria ai miei piedi. In quel momento, qualcosa mandò un tintinnio acuto, come una moneta che cade. Mi chinai, e là, per davvero, incrostata di ruggine rossastra, c'era una fibbia da scarpa, in ferro. La vista di quella povera reliquia umana mi fece fremere fino in fondo al cuore, ma non di speranza o di paura, bensì di una desolata malinconia. La tenevo in mano, e il suo proprietario, nel pensiero, mi si presentava davanti come un uomo reale: la sua faccia scavata dalle intemperie, le mani da uomo di mare, la voce marinaresca rauca per aver gridato all'argano, perfino il piede che un tempo aveva portato quella fibbia, camminando tanto a lungo sui ponti ondeggianti — l'intera sua avventura umana, come creatura simile a me, con capelli e sangue e occhi che vedevano, mi si manifestò in quel luogo soleggiato e solitario, non come un fantasma, ma come un amico che avessi indegnamente offeso. La grande nave del tesoro era veramente là sotto, con i suoi cannoni, la sua catena, i suoi forzieri, così come aveva fatto vela dalla Spagna; i suoi ponti un giardino per le alghe, la sua cabina un vivaio per i pesci, senza altro suono che il frusciare dell'acqua, senza altro movimento che quello della laminaria che ondeggiava sui bastioni; quell'antica, affollata fortezza scorrazzante per i mari adesso era divenuta uno scoglio a Sandag Bay? Oppure — come mi pareva più probabile — era questo un relitto del naufragio del brigantino straniero — si trattava di una fibbia da scarpa comprata pochi giorni prima da un uomo della mia stessa epoca nella storia del mondo, un uomo che udiva giorno per giorno le mie stesse notizie, pensava le stesse cose, pregava forse nella stessa mia chiesa?... Comunque fosse, ero assalito da pensieri orrendi; le parole di mio zio — «Ci sono i morti, laggiù!» — mi echeggiarono nelle orecchie; e sebbene avessi deciso di tuffarmi ancora una volta, fu con profonda ripugnanza che avanzai verso il margine delle rocce.

In quell'istante l'aspetto della baia subì un grande mutamento. Non era più quell'interno chiaro e visibile, come una casa dal tetto di vetro, dove la verde luce del sole sottomarino riposava così tranquillamente. Una brezza, suppongo, aveva increspato la superficie, e una sorta di intorbidamento e di oscurità ne riempiva il fondo, dove lampi di luce e nuvole d'ombra si agitavano confusamente. Perfino la piattaforma di sotto sembrava tremare e oscillare in quella tenebra. Avventurarsi in quel luogo di insidie, ora, sembrava cosa da non prendersi alla leggera; e quando saltai in mare la seconda volta l'animo mi tremava.

Mi tenni saldo come prima, e tastai tra la laminaria oscillante. Tutto ciò che incontravo era freddo, soffice e vischioso al tatto. Nel folto c'era un formicolio di granchi e di gamberi con il loro procedere sghembo avanti e indietro, e dovetti farmi forza per superare l'orrore della loro disgustosa vicinanza. Dovunque potevo trovare la grana e gli spigoli della dura, viva pietra: niente tavole, niente ferro, niente segni di relitto. La *Espirito Santo* non era lì. Ricordo di aver quasi provato un senso di sollievo nella mia delusione, e già mi preparavo a venire via, quando accadde qualcosa che mi rimandò alla superficie con il cuore in gola. Mi ero già attardato troppo nelle mie esplorazioni; la corrente stava rinfrescando col cambiamento della marea, e Sandag Bay non era più un posto sicuro per un nuotatore solitario. Bene, proprio all'ultimo sopravvenne un improvviso flusso di corrente che passò tra le luminarie come un'onda. Una presa mi sfuggì, venni gettato rotoloni su un fianco e, annaspando istintivamente in cerca di un altro appiglio, le mie dita si schiusero su qualcosa di duro e freddo. Credo di aver saputo in quello stesso attimo di cosa si trattasse. Per lo meno, mollai ogni presa sulle alghe, schizzai verso la superficie e in un momento tornai ad arrampicarmi sulle rocce amiche, stringendo in pugno l'osso della gamba di un uomo.

La razza umana è fatta di materia, tarda nel pensare e ottusa nel percepire le correlazioni. La tomba, il relitto del brigantino e la fibbia da scarpa arrugginita erano senza dubbio chiari avvertimenti. Anche un bambino avrebbe potuto leggerne il significato, eppure finché non ebbi toccato quel concreto pezzo di umanità, tutto l'orrore dell'oceano carnefice non esplose nel mio spirito. Posai l'osso accanto alla fibbia, raccolsi i miei vestiti e corsi così com'ero lungo le rocce verso la costa abitata. Nessuna distanza da quel luogo poteva essere abbastanza; nessuna fortuna abbastanza grande da tentarmi a tornare indietro. Le ossa degli annegati, da allora in avanti, potevano rotolarsi tranquille sulle alghe o sull'oro coniato senza che io le disturbassi. Ma non appena posai di nuovo piede sulla buona terra ed ebbi riparato dal sole la mia nudità, mi inginocchiai accanto ai rottami del brigantino e dal profondo del cuore pregai a lungo, appassionatamente, per tutte le povere anime sul mare. Una preghiera generosa non è mai offerta invano: la supplica può essere respinta, ma l'implorante è sempre ricompensato, credo, da qualche benigna visitazione. L'orrore, almeno, svanì dalla mia mente: ora potevo contemplare con spirito sereno quella grande creatura lucente che è l'oceano di Dio; e mentre mi avviavo verso casa su per gli aspri pendii di Aros, nulla era rimasto della mia angoscia, all'infuori di una profonda determinazione a non immischiarmi più con le spoglie dei vascelli naufragati o con i tesori dei defunti.

Avevo già percorso un po' di strada su per la collina quando mi fermai per ripigliare fiato e guardarmi indietro. Quello che si presentò ai miei occhi era doppiamente strano.

Per prima cosa, la tempesta che avevo previsto stava ora avanzando con rapidità quasi tropicale. L'intera superficie del mare si era smorzata, dal suo vivido splendore, fino a un brutto colore di piombo, ondulato. Già, in distanza, le onde dalla cresta bianca — dette qui «le figlie del capitano» — avevano cominciato a correre davanti a una brezza non ancora avvertibile su Aros; e già lungo la curva di Sandag Bay c'era un sollevamento spruzzante del mare che potevo sentire dal punto dove mi trovavo. Nel cielo il cambiamento era ancora più notevole: aveva cominciato ad alzarsi, da sud-ovest, un'immensa e compatta massa di nubi minacciose; qua e là, attraverso qualche squarcio, il sole riservava ancora un fascio di raggi diffusi; da ogni lato, lungo i bordi, grandi torrenti color inchiostro si protendevano nel cielo ancora sgombro di nubi. La minaccia era esplicita e imminente. Mentre

ancora stavo guardando, il sole si oscurò. Da un momento al-
l'altro la tempesta poteva abbattersi su Aros con tutta la sua
forza.

La velocità di questo cambiamento del tempo fissò a tal
punto i miei occhi sul cielo, che occorsero alcuni secondi prima che li posassi sulla baia, distesa ai miei piedi come in una
mappa e privata un momento più tardi del sole. Il poggio che
avevo appena superato fiancheggiava un piccolo anfiteatro
di collinette più basse che digradavano verso il mare e, oltre
quello, l'arco dorato della spiaggia e l'intera estensione di
Sandag Bay. Era uno scenario che avevo spesso contemplato
dall'alto, ma senza mai scorgervi, prima di allora, una figura
umana: proprio allora gli avevo voltato la schiena lasciando-
lo vuoto, e si può immaginare il mio stupore quando vidi una
barca e diversi uomini in quel luogo abbandonato. La barca
stava accanto agli scogli: un paio di individui, a capo scoperto e con le maniche rimboccate, uno dei quali era munito di
una pertica a raffio, faticavano a trattenerla all'ormeggio,
perché la corrente si stava facendo più forte di momento in
momento. Un po' più in là, sulla scogliera, stavano due uomini vestiti di nero, che mi parvero di un rango superiore: te-
nevano tutti e due la testa china, occupati in qualche faccenda che dapprima non capii, ma che un secondo dopo avevo
decifrato: stavano facendo il punto con la bussola; e proprio
allora vidi uno di loro srotolare un foglio di carta e puntarvi il
dito, come se stesse identificando delle caratteristiche topo-
grafiche su di un tracciato. Nel frattempo, un terzo individuo
andava avanti e indietro, frugando tra gli scogli e scrutando
oltre il bordo dentro l'acqua. Mentre stavo ancora guardan-
doli, attonito per la sorpresa, colla mente a malapena capace
di interpretare ciò che i miei occhi le riportavano, questa ter-
za persona improvvisamente si chinò, chiamando i suoi compagni con un grido così forte che giunse fino alle mie orecchie
sulla collina. Gli altri corsero verso di lui, lasciando addirittura cadere la bussola nella fretta: vidi così l'osso e la fibbia
da scarpa passare di mano in mano, causando i più strani gesti di sorpresa e di interesse. Proprio allora udii i marinai gridare dalla barca, e li vidi indicare quella massa di nubi a po-
nente che stava oscurando il cielo con sempre maggiore rapidità. Gli altri parvero consultarsi; ma il pericolo era troppo

incalzante per essere sfidato: si ammucchiarono tutti nell'imbarcazione, portando via le mie reliquie, e si diressero fuori dalla baia remando a tutta forza.

Non mi curai più della faccenda; mi voltai e corsi verso casa. Chiunque fossero quegli uomini, mio zio doveva essere informato all'istante. Tutto sommato, non era ancora troppo tardi per un'incursione di Giacobiti[6], e forse lo stesso principe Charlie (che mio zio odiava) poteva essere uno dei tre gentiluomini che avevo visto sulla scogliera. Tuttavia, mentre correvo saltando di roccia in roccia e rimuginando la questione nella mente, questa teoria convinceva sempre meno la mia ragione. La bussola, la mappa, l'interesse suscitato dalla fibbia, il comportamento di quello dei tre che si era curvato a guardare con tanta insistenza nell'acqua, tutto sembrava indicare una differente ragione della loro presenza su quella solitaria e oscura isoletta del mare occidentale. Lo storico madrileno, la ricerca di studio indetta dal Dr. Robertson, lo straniero barbuto con gli anelli, la mia stessa esplorazione infruttuosa effettuata quella mattina nell'acqua fonda di Sandag Bay, cominciarono a mettersi insieme un pezzo dopo l'altro nella mia memoria, e mi sentii sicuro che quegli sconosciuti dovevano essere degli spagnoli in cerca dell'antico tesoro e della nave perduta dell'*Armada*. Ma la gente che vive nelle isole sperdute come Aros, deve badare da sé alla propria sicurezza; non c'è nessuno, nelle vicinanze, a proteggerla e neppure a darle una mano; e la presenza in un luogo simile di un equipaggio di avventurieri stranieri — poveri, avidi e con ogni probabilità fuori legge — mi riempiva di apprensione per il denaro di mio zio, nonché per la sicurezza di sua figlia.

Stavo ancora chiedendomi come avremmo potuto sbarazzarci di loro quando arrivai, completamente senza fiato, sulla vetta di Aros. L'intero mondo era avvolto dalle ombre; soltanto all'estremo est, su un'altura della terraferma, un ultimo sprazzo di sole indugiava come un gioiello; era cominciato a piovere, non forte, ma a goccioloni; il mare si faceva più grosso a ogni istante, e già una banda di spuma bianca circondava Aros e le coste più vicine di Grisapol. La barca si sta-

---

[6] Partigiani di Giacomo II Stuart, che per svariati decenni, a partire dal 1688 (quando salì al trono la dinastia Orange al posto della Stuart, con Guglielmo III) fino a circa della metà del sec. XVIII, cospirarono contro la corona.

va ancora dirigendo al largo, ma ora mi resi conto di qualcosa che prima, trovandomi più in basso, mi era rimasto celato: una bella goletta a molte vele, di grosse proporzioni, stava ferma alla punta sud di Aros. Poiché non l'avevo vista al mattino quando mi ero guardato intorno con tanta attenzione per esaminare i segni del tempo su quelle acque solitarie dove imbarcazioni se ne vedevano di rado, era chiaro che la notte precedente doveva essere rimasta all'ancora dietro l'isola disabitata di Eilean Gour. Questa era una prova definitiva: la nave era manovrata da uomini estranei alla nostra costa, perché quell'ancoraggio, anche se a vederlo sembra abbastanza buono, è appena meglio di un trabocchetto per le navi. Con naviganti così ignari, su una costa così selvaggia, non era improbabile che la burrasca imminente recasse la morte sulle sue ali.

IV. *La burrasca*

Trovai mio zio davanti alla casa, la pipa in mano, intento a osservare i segni del tempo.

«Zio», dissi, «c'erano degli uomini sulla spiaggia a Sandag Bay.»

Non ebbi il tempo di aggiungere altro; anzi, non solo persi la parola, ma dimenticai anche la stanchezza, tanto strano fu l'effetto che si produsse su mio zio Gordon. Lasciò cadere la pipa e piombò all'indietro, contro il muro della casa, con la bocca spalancata, gli occhi sbarrati, la sua lunga faccia bianca come un foglio di carta. Dobbiamo esserci fissati l'un l'altro per circa un quarto di minuto, in silenzio, prima che lui, come risposta, avesse questa straordinaria uscita: «Aveva in testa un berretto di pelo?».

In quel momento seppi così bene come se mi fossi trovato lì che l'uomo che giaceva sepolto a Sandag Bay era giunto a terra ancora vivo, indossando un berretto di pelo. Per la prima e unica volta persi il rispetto nei confronti dell'uomo che era il mio benefattore e il padre della donna che speravo di chiamare moglie.

«Sto parlando di uomini vivi», dissi; «forse Giacobiti, forse francesi, forse pirati, forse avventurieri venuti qui per cercare la nave spagnola del tesoro; ma chiunque siano, di sicuro rappresentano un pericolo per la ragazza che è tua figlia e mia cugina. Quanto ai terrori delle tue colpe, caro mio, il morto riposa in pace lì dove lo hai deposto. Stamane mi sono fermato lì vicino alla sua tomba: non si sveglierà fino alle trombe del Giudizio.»

Il mio parente rimase a guardarmi, sbattendo le palpebre, mentre parlavo; quindi tenne gli occhi a terra per un po', stiracchiandosi le dita con aria stupida: era chiaro che non riusciva a trovare nulla da dire.

«Forza», dissi. «C'è da pensare agli altri. Devi venire con me sulla collina, e vedere quella nave.»

Obbedì senza una parola o uno sguardo, seguendo con lentezza i miei lunghi passi impazienti. Ogni energia sembrava essere fuggita dal suo corpo, e si trascinava pesantemente su e giù per le rocce, invece di saltare, come suo solito, da una all'altra, né io riuscivo, con tutte le mie grida, a indurlo ad affrettarsi di più. Solo una volta mi rispose, protestando in tono lamentoso come uno in preda a un dolore fisico: «Sì, sì, ragazzo, arrivo». Molto prima di raggiungere la cima non provavo per lui che pietà. Se il crimine era stato mostruoso, il castigo era in proporzione. Alla fine emergemmo sopra il profilo della collina, e potemmo vedere tutto intorno. Ogni cosa si presentava all'occhio scura e tempestosa; l'ultimo barlume di sole era sparito; si era levato il vento: non forte ancora, a raffiche piuttosto irregolari; la pioggia, però, era cessata. Sebbene fosse trascorso poco tempo da quando ero stato lì, il mare si era fatto molto più grosso; aveva già preso a infrangersi su alcune delle scogliere più al largo, e già mugghiava forte nelle caverne sottomarine di Aros. Dapprima cercai invano con lo sguardo la goletta.

«Eccola», dissi infine. Ma la sua nuova posizione e la rotta che ora stava tenendo, mi rendevano perplesso. «Non vorranno mica prendere il largo!», esclamai.

«È proprio quello che vogliono fare», disse mio zio, con una sorta di gioia; e proprio allora la goletta virò di bordo e prese un'altra rotta. Ormai non c'erano più dubbi: quegli stranieri, vedendo avvicinarsi una tempesta, avevano pensato prima di tutto ad avere spazio per manovrare. Con il vento che già minacciava, in quelle acque disseminate di scogli, lottando contro una corrente di marea così violenta, stavano andando incontro a una morte sicura.

«Buon Dio!», dissi. «Sono tutti perduti!»

«Già», rispose mio zio, «tutti — tutti perduti. Non avevano altra possibilità se non quella di filarsela verso Kyle Dona. Non ce la farebbero ad attraversare il passaggio dove si stanno cacciando adesso nemmeno se avessero lì il demonio a fargli da pilota. Eh, ragazzo!», continuò dandomi di gomito; «È una bella notte, questa, per un naufragio! Due in un anno! Eh, vedrai i *Merry Men* come balleranno!»

Lo guardai, e fu allora che mi venne da pensare che non doveva più essere in sé. Mi sbirciava da sotto in su, come cercando solidarietà, una timida gioia negli occhi. Tutto quello che era accaduto tra noi era già dimenticato nella prospettiva di questo nuovo disastro.

«Se non fosse troppo tardi», gridai indignato, «prenderei la barca e uscirei per avvertirli.»

«No, no», protestò lui. «Non devi interferire, non devi immischiarti in cose del genere. Questa è la Sua», e si toccò il berretto, «la Sua volontà. E poi, eh, ragazzo, è proprio una bella notte per un fatto del genere!»

Qualcosa simile alla paura cominciò a insinuarsi dentro di me. Ricordando a mio zio che non avevo ancora pranzato, proposi di ritornare a casa. Ma no; nulla l'avrebbe strappato dal suo posto di osservazione.

«Charlie, ragazzo mio, devo vedere tutto», spiegò; e quindi, siccome la goletta virava un'altra volta di bordo, «eh, ma la governano bene!», esclamò. «La *Christ-Anna* era niente in confronto a questa!» A quel punto gli uomini a bordo della goletta dovevano avere cominciato a rendersi conto (ma ancora in minima parte) dei pericoli che circondavano la loro nave, ormai condannata. A ogni caduta del vento capriccioso dovevano aver veduto quanto velocemente la corrente tornasse a spingerli indietro. Ogni bordata veniva tenuta più corta, man mano che si accorgevano di quanto poco li facesse avanzare. Di minuto in minuto la mareggiata crescente cominciava a rombare e a spumeggiare contro qualche scoglio prima invisibile; e ogni tanto un frangente si abbatteva con sonora rovina proprio sotto la prua della nave, facendo apparire nel cavo dell'onda uno scoglio bruno e le alghe ondeg-

gianti. Dovevano stare attaccati alle scotte, ve lo dico io; Dio
solo sa se c'era qualcuno con le mani in mano su quella nave.
E durante una scena così spaventosa per ogni uomo dotato di
un cuore, mio zio, con la sua povera mente sconvolta, ora
stava a commentare e ad ammirare con aria da intenditore.
Quando mi girai per ridiscendere la collina, stava ancora là,
sulla cima, sdraiato a terra, le mani tese in avanti aggrappate
alle eriche: e sembrava ringiovanito, nella mente e nel corpo.

Quando arrivai di nuovo a casa, già cupamente impressio-
nato, mi rattristai ancora di più alla vista di Mary. Aveva le
maniche rimboccate sulle sue forti braccia e stava tranquillamente preparando il pane. Presi una focaccetta dalla credenza e mi sedetti a mangiarla in silenzio.

«Sei stanco, caro?», chiese dopo un po'.

«Non che sia stanco, Mary», ribattei alzandomi in piedi,
«è che sono stufo di temporeggiare, e forse anche di Aros. Mi
conosci abbastanza bene da giudicarmi in maniera imparzia-
le, qualunque cosa io dica. Ebbene, Mary, stai pur sicura di
una cosa: sarebbe meglio che tu fossi in qualsiasi altro luogo
che qui.»

«Di una sola cosa sarò sicura», ribatté lei; «resterò dov'è
mio dovere stare.»

«Dimentichi che hai dei doveri anche verso te stessa», dissi.

«Sì, caro?», replicò. «E dove l'hai trovato? Nella Bibbia,
magari?»

«Mary», ripresi con gravità, «non devi prendermi in giro
proprio adesso. Dio sa che non sono in vena di scherzi. Se po-
tessimo portare tuo padre via con noi, sarebbe la cosa migliore; ma con lui o senza di lui, voglio vederti molto lontana da
qui, mia cara, molto lontana; per il tuo bene e, sì, per il mio e
anche per il bene di tuo padre, ti voglio lontana — molto lontana... Ero venuto con altri pensieri, ero venuto qui come un
uomo che torna a casa: adesso è tutto cambiato, e io non ho
altro desiderio né altra speranza che di fuggire — questa è la
parola: fuggire, come un uccello dalla rete dell'uccellatore,
via da quest'isola maledetta!»

Lei aveva interrotto il suo lavoro.

«E tu credi», disse, «tu credi, ora, che io non abbia occhi
né orecchie? Credi che non mi sarei spezzata il cuore perché

queste "cose stupende" (come le chiama lui, Dio lo perdoni!)
venissero gettate in mare? Credi che io abbia vissuto con lui
giorno dopo giorno, senza vedere quello che tu hai veduto in
un'ora o due? No», continuò, «so che c'è del male; che male
non lo so e non lo voglio sapere — non c'è mai stata una cosa
cattiva che sia migliorata immischiandosene. Però, mio caro,
non devi chiedermi mai di abbandonare mio padre. Finché
avrà fiato in corpo, io rimarrò con lui. E inoltre non ha ancora molto da vivere, questo posso dirtelo, Charlie. Non ha ancora molto da vivere, lo porta scritto in fronte. Ed è meglio
così — forse è meglio così.»

Rimasi in silenzio per un po', non sapendo cosa risponde-
re; e quando infine alzai la testa per parlare, lei mi precedette.

«Charlie», disse, «ciò che è giusto per me non è necessaria-
mente giusto anche per te. Su questa casa incombono il peccato e la sventura; tu sei un estraneo; piglia la roba in spalla e
vai per la tua strada, in posti migliori e tra gente migliore. E se
mai ti venisse in mente di tornare, anche tra vent'anni, mi tro-
veresti qui ad aspettarti.»

«Mary Ellen», dissi, «io ti ho chiesto di essere mia moglie e
tu mi hai risposto praticamente di sì. Questo ho deciso una
volta per tutte. Dovunque tu sarai, lì sarò anch'io, come ne
risponderò davanti al Signore.»

Mentre pronunciavo queste parole, il vento, di colpo, si
scatenò urlando, e poi parve sostare e rabbrividire intorno alla casa di Aros. Era il primo strepito, il prologo della tempesta che stava avanzando; e mentre trasalivamo e ci guardava-
mo intorno, ci accorgemmo che un'oscurità simile all'ap-
prossimarsi della sera era calata sulla casa.

«Dio abbia pietà di tutta la povera gente sul mare!» esclamò lei. «Mio padre non si farà vedere fino a domattina.»

E quindi mi raccontò, mentre sedevamo accanto al fuoco e
tendevamo l'orecchio alle raffiche che crescevano di intensi-
tà, come questo cambiamento fosse sopravvenuto in mio zio.
Per tutto l'inverno precedente era stato di umore tetro e agitato. Ogni volta che il *Roost* infuriava — o, come diceva Mary, ogni volta che i *Merry Men* ballavano — lui se ne stava
fuori per ore e ore, sul Capo se era di notte, o sulla vetta di
Aros se era di giorno, a osservare il tumulto del mare, e a
spazzare con lo guardo l'orizzonte in cerca di una vela. Dopo

il dieci febbraio, quando il relitto apportatore di ricchezze venne gettato a riva a Sandag, era stato dapprima allegro in modo innaturale; in seguito, questa sua eccitazione non era diminuita, ma solo mutata: da misteriosa si era fatta cupa. Trascurava il suo lavoro, lasciava Rorie inattivo: se ne stavano tutti e due, per ore, a parlottare all'angolo della casa, con tono guardingo e un'aria come di segreto e di colpa. Se lei interrogava uno di loro, come nei primi tempi aveva talvolta fatto, le sue domande venivano eluse con imbarazzo. Da quando Rorie aveva notato per la prima volta il pesce che si aggirava intorno al traghetto, il suo padrone aveva messo piede una volta sola sulla terraferma del Ross. Questa volta — era in piena primavera — era passato a piede asciutto quando la marea era al minimo; ma, essendo rimasto troppo a lungo sull'altro lato, si trovò tagliato fuori da Aros dalle acque di ritorno. Aveva saltato la striscia d'acqua con un grido di agonia, dopo di che aveva raggiunto la casa in preda a un accesso di febbrile spavento. Un terrore del mare, un costante, ossessionante pensiero del mare erano comparsi nei suoi discorsi, nelle sue preghiere, perfino nel suo sguardo quando rimaneva silenzioso.

Solo Rorie si fece vivo per la cena; ma un po' più tardi apparve mio zio: si mise una bottiglia sotto il braccio, si ficcò del pane in tasca e si diresse di nuovo verso il suo punto di osservazione, seguito questa volta da Rorie. Sentii da loro che la goletta stava perdendo terreno, ma l'equipaggio lottava ancora palmo a palmo, con abilità e coraggio disperato; e questa notizia mi colmò la mente di cupi pensieri.

Poco dopo il tramonto la burrasca esplose in tutta la sua furia: una burrasca come non ne avevo mai viste in estate; e nemmeno in inverno, vedendo con quanta velocità era arrivata. Mary ed io sedevamo in silenzio, la casa che si scuoteva sopra le nostre teste, la tempesta che ululava all'esterno, il fuoco tra noi che sibilava per le gocce di pioggia. I nostri pensieri erano lontani, con quei poveri disgraziati sulla goletta o con il mio non meno infelice zio, allo scoperto sul promontorio. Eppure, ogni tanto, ritornavamo in noi con un sussulto, quando il vento cresceva e colpiva gli spioventi del tetto come un corpo solido, oppure d'un tratto cadeva, allontanandosi, così che il fuoco divampava alto facendoci balzare il cuore in petto. Ora la bufera, nella sua violenza, si impossessava dei quattro angoli del tetto e li scuoteva, ruggendo come il Leviatano in collera; a tratti, in qualche pausa, freddi vortici di tempesta passavano con un brivido nella stanza, infilandosi tra noi e facendoci rizzare i capelli in testa. E di nuovo il vento scoppiava in un coro di lugubri suoni, mugolando basso nel camino, lamentandosi con la dolcezza di un flauto intorno alla casa.

Erano forse le otto quando Rorie entrò e con fare misterioso mi sospinse verso la porta. Mio zio, a quanto pareva, riusciva a spaventare perfino il suo compagno di sempre, e Rorie, confuso dalle sue stravaganze, mi pregò di andare fuori e di unirmi alla veglia. Mi affrettai a fare come mi veniva richiesto; ancora più prontamente, anzi, in quanto per la paura, l'orrore e l'elettrica tensione di quella notte, ero io stesso irrequieto e desideroso di muovermi. Raccomandai a Mary di non allarmarsi, perché avrei fatto una buona guardia a suo padre, e dopo essermi avvolto in una calda coperta, seguii Rorie all'aperto.

La notte, sebbene fossimo oltre la metà dell'estate, era scura come a gennaio. Intervalli di un incerto crepuscolo si alternavano a momenti di tenebra completa; né si poteva trovare il motivo di quei mutamenti nel turbinante orrore del cielo. Il vento soffiava così forte da mozzare il respiro alle narici; il cielo intero sembrava schioccare sopra la testa come un'unica, enorme vela, e quando un istante di calma calava su Aros si potevano sentire le raffiche abbattersi cupamente in lontananza. Su tutte le terre basse del Ross il vento doveva soffiare con ferocia, come sul mare aperto; e Dio solo sa il frastuono che infuriava attorno alla vetta del Ben Kyaw. Lame di spuma mista a pioggia ci colpivano il viso. Tutt'intorno all'isola di Aros i frangenti battevano sugli scogli e sulle spiagge con un tuonare incessante, martellante. Ora più forte in un luogo, ora più piano in un altro: come nelle combinazioni musicali di un'orchestra la massa costante di suono variava appena per un momento. E più in alto, al di sopra di tutto questo fracasso, potevo udire le voci mutevoli del *Roost* e il ruggito intermittente dei *Merry Men*. Mai come in quell'ora mi balenò in mente la ragione del loro nome: perché il loro rumore sembrava quasi gioioso, quando superava gli altri rumori

della notte; o, se non proprio gioioso, intriso di una portento-
sa gaiezza. Davvero, sembrava addirittura umano. Come di
uomini sfrenati che abbiano bevuto fino a perdere la ragione,
e rinunciando ad articolare la parola si mettano a schiamaz-
zare insieme, per ore e ore; così, nelle mie orecchie, quei mor-
tali frangenti urlavano presso Aros nella notte.

Tenendoci sottobraccio e barcollando contro il vento, Rorie ed io conquistammo ogni spanna di terreno con consape-
vole sforzo. Scivolavamo sull'erba bagnata, cadevamo roto-
lando insieme sulle rocce. Escoriati, inzuppati, rotti, senza
fiato, dobbiamo aver impiegato circa mezz'ora per arrivare
dalla casa al Capo che domina il *Roost*. Là, sembrava, era
l'osservatorio favorito di mio zio. Giusto lì di fronte, dove la
scogliera è più alta e più ripida, un rialzo di terra, come un parapetto, forma un riparo dai venti dominanti, dove un uomo
può starsene tranquillamente seduto a guardare la mareggiata e i folli cavalloni che lottano ai suoi piedi. Come potrebbe
guardare dalla finestra di una casa qualche tumulto nella
strada, così, da questa postazione, può guardare all'impaz-
zare dei *Merry Men*. In una notte come quella, naturalmente,
scruta in un mondo di oscurità, dove le acque roteano e ribol-
lono, dove le onde giostrano insieme col fragore di un'esplo-
sione, e la spuma torreggia e svanisce via in un batter d'occhio. Mai, prima, avevo visto i *Merry Men* così violenti. La
furia, l'altezza, la mobilità dei lori getti erano da vedere, non
possono essere raccontati. Alte sopra le nostre teste, più in alto della scogliera, si innalzavano le loro bianche colonne, nel
buio, e in un istante, come fantasmi, sparivano. Talvolta ne
turbinavano e svanivano a quel modo tre insieme; talvolta
una raffica se ne impadroniva e la schiuma ci ricadeva addosso, pesante come un'ondata. E tuttavia lo spettacolo era più
frastornante per la sua leggerezza che impressionante per la
sua forza. La mente veniva schiacciata dal frastuono che la
confondeva; una beata vacuità si impossessava del cervello,
uno stato simile all'alienazione; e mi ritrovai io stesso, a volte, a seguire la danza dei *Merry Men* come se fosse stata un
ballabile eseguito da qualche strumento.

Avvistai mio zio che eravamo ancora ad alcuni metri di distanza, in uno dei fuggevoli bagliori del crepuscolo che stria-
vano la notte scura come la pece. Era in piedi dietro il para-

petto, il capo gettato all'indietro e la bottiglia alla bocca. Quando la mise giù, ci scorse e ci mostrò di averci riconosciuti agitando silenziosamente una mano al di sopra della testa.

«Ha bevuto?», gridai a Rorie.

«Sì. È sempre ubriaco quando soffia il vento», rispose Rorie nello stesso tono alto, tanto da rendersi udibile.

«Allora... anche a febbraio era così?», chiesi.

Il «sì» di Rorie fu motivo di gioia per me. L'omicidio, dunque, non era nato da un calcolo e a sangue freddo; era un atto di pazzia degno forse più di perdono che di condanna. Mio zio, era un pazzo pericoloso, se volete, ma non era crudele e abietto come avevo temuto. Ma quale scena per un festino, quale incredibile vizio aveva scelto il pover'uomo! Ho sempre giudicato l'ubriachezza un piacere selvaggio e pauroso, più demoniaco che umano; ma l'ubriachezza lì all'aperto, in quell'oscurità ruggente, sull'orlo di una scogliera al di sopra di quell'inferno di acque, con la testa che turbinava come il *Roost*, il piede che barcollava sul ciglio della morte, l'orecchio che si tendeva ai segni del naufragio — questo, anche se credibile in qualcuno, era moralmente impossibile in un uomo come mio zio, con la sua mente rivolta a un credo di dannazione e perseguitata dalle fantasie più cupe. Tuttavia era così; e quando raggiungemmo l'angolo riparato e potemmo respirare di nuovo, vidi gli occhi di quell'uomo brillare nella notte con uno scintillio sacrilego.

«Eh, Charlie, ragazzo, è grandioso!», urlò. «Guardali!», proseguì, tirandomi verso l'orlo dell'abisso da dove salivano quel clamore assordante e quelle nuvole di spuma. «Guardali come ballano, ragazzo! Non è una cosa perversa?»

Pronunciò questa parola con gusto[7], e io pensai che ben si adattava alla scena.

«Stanno urlando per quella goletta», seguitò con la sua voce sottile e folle, chiaramente udibile nel riparo sull'altura, «e quella sta venendo sempre più vicina, e loro lo sanno, la gente lo sa, lo sanno bene che per loro è finita. Charlie, ragazzo mio, sono tutti ubriachi su quella goletta, tutti intontiti dal bere. Anche sulla *Christ-Anna* erano tutti ubriachi, alla fine. Non c'è nessuno che può affogare in mare senza brandy. Via,

---

[7] In italiano nel testo.

che ne sai tu?», e qui ebbe un improvviso scoppio di collera; «te lo dico io: non può essere; non oserebbero annegare senza brandy. Toh», e mi porse la bottiglia, «prendine un sorso.»

Stavo per rifiutare, ma Rorie mi toccò, come per avvertirmi; del resto, avevo già pensato a qualcosa di meglio. Perciò presi la bottiglia e non solo bevvi in abbondanza, ma feci in modo di rovesciarne ancora di più mentre bevevo. Era alcool puro, e quasi mi strozzai nell'inghiottirlo. Il mio parente non fece caso allo spreco, ma gettando ancora una volta indietro la testa prosciugò il restante fino all'ultima goccia.

Quindi, con una sonora risata, scagliò via la bottiglia tra i *Merry Men*, che sembrarono balzare su urlando per acchiapparla.

«A voi, compagni!», gridò. «Eccovi un acconto! Avrete di meglio, prima del mattino!»

All'improvviso, nella notte nera davanti a noi, a meno di duecento metri, in un momento in cui il vento taceva, udimmo chiaramente il timbro di una voce umana. Subito il vento si abbatté ululando sul Capo e il *Roost* rumoreggiò e ribollì e danzò con rinnovato rigore. Ma avevamo sentito quel suono, e sapevamo con angosciosa certezza che si trattava della nave condannata ormai prossima alla rovina: era la voce del suo comandante che impartiva l'ultimo ordine. Rannicchiati uno vicino all'altro, sul ciglio, i sensi tesi, rimanemmo ad aspettare la fine inevitabile. Ce ne volle, comunque, e a noi sembrò un'eternità, prima che la goletta si mostrasse all'improvviso per un breve istante, stagliata contro una torre di spuma lucente. Ho ancora davanti agli occhi la sua vela di maestra che sbatteva sciolta, strappata, mentre il bompresso cadeva pesantemente di traverso sul ponte; vedo ancora il nero profilo dello scafo, e penso ancora che mi riuscì di distinguere la sagoma di un uomo proteso sopra la barra del timone. Eppure l'intera visione passò più veloce del lampo: la stessa onda che aveva rivelato la nave ai nostri occhi, ricadde seppellendola per sempre. Il grido confuso di mille voci in punto di morte si levò e si spense nel ruggito dei *Merry Men*. E con ciò la tragedia si concluse. La robusta nave con tutto il suo equipaggiamento e la lampada che forse ardeva ancora nel quadrato, e le vite di tanti uomini, preziose per qualcuno e care almeno come il cielo a loro stessi, tutto, in un solo momento, era colato a picco nelle acque ribollenti. Svanito come un sogno. E il vento ancora soffiava e urlava, e le acque insensibili, nel *Roost*, ancora balzavano e ripiombavano come prima.

Per quanto tempo rimanemmo lì insieme, tutti e tre, senza una parola o un gesto, è più di quanto io possa dire; ma deve essere stato per molto. Infine, a uno a uno, quasi meccanicamente, tornammo indietro strisciando a riparo dell'argine. Mentre giacevo contro il parapetto, completamente sfinito e non del tutto padrone della mia mente, potevo udire il mio parente che borbottava tra sé, in uno stato d'animo alterato e melanconico.

Ora andava ripetendosi, in tono piagnucoloso: «Una lotta come quella che hanno fatto, poveri ragazzi, poveri ragazzi!»; ora invece si lagnava che «tutto il carico era andato perduto», perché la nave era affondata tra i *Merry Men* invece di arenarsi sulla spiaggia; e per tutto il tempo, quel nome, *Christ-Anna*, andava e veniva nelle sue divagazioni, pronunciato con tremante reverenza. Nel frattempo la tempesta si andava rapidamente placando. Nel giro di mezz'ora il vento si era mutato in brezza, e il cambiamento fu accompagnato — o causato — da una pioggia fitta e fredda, a scrosci. Devo allora essermi addormentato, e quando mi risvegliai, inzuppato, indolenzito e niente affatto riposato, il giorno era già sorto: un grigio, umido, sgradevole giorno. Il vento soffiava in folate deboli e mutevoli, la marea era cessata, il *Roost* era al suo minimo, e solo i marosi che battevano con forza lungo tutte le coste di Aros rimanevano a testimonianza delle furie della notte.

V. *Un uomo dal mare*

Rorie si diresse verso casa, in cerca di un po' di caldo e della colazione. Mio zio invece intendeva perlustrare le spiagge di Aros, e io mi sentii in dovere di accompagnarlo nel tragitto. Adesso era docile e quieto, ma tremulo e debole di corpo e di spirito; e fu con l'ansia di un bambino che fece la sua esplorazione. Si calò in mezzo agli scogli; inseguì le ondate che si ritiravano sulla spiaggia. Il più comune pezzo di asse e di cordame era un tesoro ai suoi occhi, da non lasciarsi sfuggire a rischio della vita. Vederlo, con passo debole e incerto, esporsi all'inseguimento della risacca o alle insidie e ai trabocchetti delle rocce viscide, mi teneva in un perpetuo terrore. Ero pronto a sostenerlo col braccio, ad afferrarlo per la camicia, lo aiutavo a tirare le sue pietose scoperte fuori della portata delle onde. Una bambinaia che stesse accompagnando un bimbo di sette anni non avrebbe avuto nessuna incombenza diversa.

Tuttavia, malgrado fosse indebolito dalla reazione al suo accesso di pazzia della notte prima, le passioni che covavano in lui erano quelle di un uomo forte. Il suo orrore del mare, anche se domato per il momento, non era affatto diminuito; fosse stato il mare una distesa di fiamme guizzanti, non si sarebbe ritirato con maggior panico dal suo contatto; e una volta che gli scivolò il piede facendolo affondare fino a mezza gamba in una pozza d'acqua, il grido che lanciò fu come quello di un agonizzante: dovette restarsene seduto per un po', in silenzio, ansimando come un cane. Ma la sua brama di impossessarsi delle spoglie del naufragio trionfò ancora una volta sulle sue paure: di nuovo avanzò barcollando tra la schiuma raggrumata; di nuovo strisciò sulle rocce in mezzo alle bolle evanescenti; di nuovo tutta la sua attenzione parve rivolgersi a quei pezzi di legna alla deriva, tutt'al più buoni — se ancora erano buoni a qualcosa — a essere gettati nel fuoco. Però, sebbene soddisfatto di quel che trovava, non smetteva di brontolare sulla sua cattiva sorte.

«Aros», diceva, «non è un posto buono per i naufragi. In tutti gli anni che ho abitato qui, questo è il secondo; e il meglio dell'equipaggiamento è andato completamente perduto!»

«Zio», dissi io un momento che ci trovavamo su una lingua di sabbia dove nulla poteva sviare la sua mente, «ti ho visto l'altra notte come mai avrei creduto di vederti: eri ubriaco.»

«No, no», rispose, «non fino a quel punto. Però, sì, avevo bevuto. E per essere sincero davanti a Dio, è una cosa che non posso evitare. Di solito, non c'è uomo più sobrio di me, ma quando sento il vento fischiarmi nelle orecchie credo proprio che mi dia di volta il cervello.»

«Tu sei un uomo religioso», replicai, «e questo è peccato.»

«Certo», fece lui, «e se non fosse peccato non credo che me

ne importerebbe niente. Vedi, ragazzo, è una sfida. C'è una gran parte del vecchio peccato del mondo, in quel mare; nella migliore delle ipotesi, il mare è una cosa non cristiana. E a volte, quando si solleva, e il vento urla (il vento e il mare stanno in combutta, credo), e i *Merry Men*, quei giovanotti scellerati che soffiano e ridono... E le povere anime in quella morsa mortale che lottano tutta la notte con le loro navi sballottate qua e là... Be', mi viene addosso come un maleficio. Sono un demonio, lo so; non penso affatto a quei poveri ragazzi dei marinai: io sto dalla parte del mare, io sono tale e quale a uno dei suoi *Merry Men*.»

Credetti di dover vibrare un piccolo colpo nel punto debole della sua corazza. Mi girai verso il mare: correvano allegramente i marosi, un'onda dopo l'altra, seguiti dalle loro criniere svolazzanti, rincorrendosi al galoppo sulla spiaggia, torreggiando, incurvandosi, ricadendo uno sull'altro sopra la sabbia compatta. Al largo, l'aria salsa, i gabbiani spaventati e il dispiegato esercito dei destrieri marini che si lanciavano nitriti, radunandosi per muovere all'assalto di Aros; e proprio accanto a noi, sulla sabbia liscia, quella linea che nonostante tutto il loro numero e la loro furia non avrebbero mai potuto oltrepassare.

«Fino a quel punto arriverai», dissi, «e non oltre.» Quindi citai con quanta più solennità potevo una strofa che spesso, già da prima, avevo collegato al coro dei frangenti:

> Il Dio che è nelle altezze
> È di gran lunga più potente
> Del rumore di molte acque,
> Grande come gli immensi flutti del mare.

«Giusto», disse il mio parente; «alla fin fine, il Signore trionferà, non ne dubito. Ma qui sulla terra, perfino gli sciocchi possono sfidarlo al Suo cospetto. Non è per niente saggio, non sto dicendo che è saggio, ma è l'orgoglio dell'occhio, la brama della vita, la concupiscenza del piacere.»

Non aggiunsi altro, perché ora avevamo iniziato ad attraversare una striscia di terra che si stendeva tra noi e Sandag, e volevo tenere in serbo l'ultimo appello al buon senso di quell'uomo per quando fossimo arrivati sul luogo connesso con il suo crimine. Né lui continuò l'argomento, ma camminò al mio fianco con passo più fermo. Il richiamo che avevo lanciato alla sua mente agiva come un tonico: mi accorgevo, infatti, che aveva smesso di cercare quegli inutili relitti senza valore, ed era preso da pensieri profondi e cupi, ma tuttavia stimolanti. In tre o quattro minuti superammo la cresta dell'altura e cominciammo a scendere verso Sandag. Il relitto era stato duramente maltrattato dal mare: la prua era stata girata e trascinata un po' più in basso, e forse la poppa era stata spinta un po' più su, perché le due parti giacevano ora completamente separate sulla spiaggia. Quando giungemmo alla tomba mi fermai, mi scoprii la testa sotto la pioggia fitta e guardando bene in faccia il mio parente, mi rivolsi a lui in questo modo:

«Un uomo», dissi, «aveva avuto la grazia dalla provvidenza divina di scampare a un pericolo mortale; era povero, nudo, fradicio, stanco, era uno straniero; aveva ogni diritto di muovere a compassione le tue viscere; forse era il sale della terra, pio, servizievole, gentile; forse era un uomo pieno di iniquità, per cui la morte fu l'inizio dei tormenti. Davanti al Cielo, Gordon Darnaway, io ti chiedo: dov'è l'uomo per cui Cristo morì?».

Alle mie ultime parole trasalì visibilmente; ma non ci fu alcuna risposta, e il suo viso non espresse altro che un vago allarme.

«Tu eri fratello di mio padre», continuai, «tu mi hai insegnato a considerare la tua casa come se fosse la casa di mio padre; non siamo che due peccatori che camminano al cospetto di Dio tra le colpe e i pericoli di questa vita. È attraverso il nostro male che Dio ci guida verso il bene; noi pecchiamo, non oso dire tentati da Lui, ma dico con il Suo consenso, e per chiunque tranne che per l'uomo più bruto i suoi peccati sono l'inizio della saggezza. Con questo delitto Dio ha voluto avvertirti, e anche ora Egli ti avverte con la tomba insanguinata che è ai nostri piedi. Se non ne seguirà alcun pentimento, alcun miglioramento, alcun ritorno a Lui, che altro dobbiamo aspettarci se non che ne venga qualche memorabile verdetto?»

Mentre ancora pronunciavo tali parole, gli occhi di mio zio si distolsero dal mio viso. Il suo aspetto subì un cambiamento che non può essere descritto: i suoi lineamenti parvero rat trappirsi, il colore svanì dalle sue gote. Alzò una mano tremante a indicare qualcosa dietro le mie spalle; e quel nome, tante volte ripetuto, uscì ancora una volta dalle sue labbra: «La *Christ-Anna*!».

Mi voltai, e se non rimasi inorridito nella stessa misura, perché, grazie al cielo, non ne avevo motivo, pure rimasi spaventato da quello che vidi. La figura di un uomo si teneva ritta sul cassero della nave naufragata, la schiena verso di noi: sembrava intento a scrutare il largo con occhi annebbiati, e la sua sagoma si stagliava in tutta la sua statura, che era davvero molto alta, contro il mare e il cielo. Ho ripetuto migliaia di volte che non sono superstizioso, ma in quel momento, con la mente rivolta alla morte e al peccato, l'inspiegabile apparizione di uno sconosciuto su quell'isola solitaria, chiusa dal mare, mi riempì di una sorpresa che rasentava il terrore. Sembrava poco probabile che qualunque essere umano avesse potuto raggiungere vivo la riva con una mareggiata come quella che aveva infuriato la notte precedente lungo le coste di Aros; e l'unico vascello in un raggio di miglia era colato a picco tra i *Merry Men* sotto i nostri occhi. Venni assalito da dubbi che rendevano insopportabile ogni incertezza, e per mettere la faccenda subito in chiaro, mi feci avanti e gettai un richiamo verso la figura, come si fa con le navi.

Girò su se stesso, e mi parve che trasalisse nello scorgerci. Ciò mi ridiede subito coraggio: lo chiamai e gli feci cenno di accostarsi; quello, da parte sua, si lasciò cadere immediatamente sulla sabbia e cominciò ad avvicinarsi senza fretta, con molte soste ed esitazioni. Ogni volta che l'uomo dava segni di inquietudine, io mi facevo più ardimentoso; avanzai di un altro passo, incoraggiandolo nel frattempo con la testa e con le mani. Era chiaro che il naufrago doveva aver avuto notizie poco rassicuranti circa l'ospitalità della nostra isola; e a dire il vero, in quel tempo la gente che abitava più a nord aveva una brutta reputazione.

«Accidenti!», esclamai, «è un negro!»

E proprio in quel momento, con una voce che a malapena potevo riconoscere, il mio parente se ne uscì in un torrente confuso di improperi e preghiere. Lo guardai: era caduto in ginocchio, la faccia sconvolta; a ogni passo del naufrago, la sua voce saliva di tono, la rapidità del suo eloquio e il fervore del suo linguaggio raddoppiavano. Voglio chiamarla una preghiera, perché era indirizzata a Dio; ma di certo non vi era mai stato nessuno, prima, che avesse rivolto al Creatore tale ampollose assurdità; senza dubbio, se la preghiera può essere peccato, quel folle sproloquio era peccaminoso. Corsi verso di lui e, afferrandolo per le spalle, lo costrinsi ad alzarsi.

«Taci, uomo!», esclamai. «Rispetta Dio con le parole, se non con le opere. Proprio qui, sulla scena delle tue trasgressioni, Egli ti manda un'occasione per riparare. Vai ad abbracciarlo: dà il benvenuto come un padre a questa creatura che viene tremando alla tua misericordia.»

Così dicendo, tentai di spingerlo verso il negro; ma lui mi gettò a terra, si divincolò dalla mia stretta lasciandovi una manica della sua giacca e fuggì su per il fianco della collina, verso la cima di Aros, veloce come un daino.[8] Mi rialzai barcollando, graffiato e alquanto stordito: il negro si era fermato, sorpreso, forse impaurito, circa a metà strada tra me e il relitto; mio zio era già lontano, saltando da una roccia all'altra; e così mi trovai per qualche momento diviso tra due doveri. Ma mi decisi, e prego il cielo di avere deciso nel modo giusto, in favore del povero naufrago gettato sulla sabbia, la cui sventura, almeno, non era del tutto opera sua; inoltre, potevo senz'altro soccorrerlo; e poi a quel punto avevo cominciato a considerare mio zio come un alienato cupo e incurabile. Mi feci dunque avanti verso il negro, il quale aspettava che io mi accostassi a braccia conserte, come chi si tiene pronto a qualsiasi eventualità. Quando fui più vicino, stese la mano con un ampio gesto, come già avevo visto fare dal pulpito, e mi parlò, anche, in un tono che ricordava quello di un predicatore: solo, non riuscii a comprendere neppure una parola. Provai dapprima in inglese, poi in gaelico, ma invano: era chiaro che dovevamo affidarci al linguaggio delle occhiate e dei gesti. Gli feci allora cenno di seguirmi, cosa che lui fece prontamente, con un grande inchino, come un re in esilio; in tutto quel tempo non era comparsa sul suo viso neppure un'ombra di alterazione, né di ansia mentre stava aspettando, né di sollievo ora che pareva sentirsi rassicurato; se era

---

[8] Non va dimenticato che secondo un'antica superstizione scozzese il diavolo può manifestarsi anche sotto le spoglie di «uomo nero» (cfr. *Thrawn Janet*).

uno schiavo, come supponevo, non potevo fare a meno di
pensare che doveva essere decaduto da un alto rango sociale
nel suo paese d'origine, e per quanto decaduto non potevo fare a meno di ammirare il suo contegno. Mentre passavo accanto alla tomba, mi fermai alzando le mani e gli occhi al cielo in segno di rispetto e dolore per il defunto; e il negro, come
in risposta, s'inchinò profondamente e allargò le braccia stese; era un gesto strano, ma compiuto come un atto abituale, e
pensai che fosse un cerimoniale della terra da cui proveniva.
Nello stesso tempo indicò mio zio, che potevamo scorgere appollaiato su una collinetta e si toccò la testa come per signifi-
care che era matto.

Prendemmo la strada lunga attorno alla costa, perché temevo di agitare mio zio se avessimo tagliato attraverso l'isola, e mentre camminavamo ebbi tempo sufficiente per mettere a punto una piccola esibizione drammatica con la quale
speravo di porre fine ai miei dubbi. Perciò, fermandomi su
una roccia, presi a imitare davanti al negro i gesti dell'uomo
che avevo visto fare rilievi con la bussola il giorno prima a
Sandag. Lui capì al volo, e facendo a sua volta l'imitazione,
mi mostrò il punto dov'era stata la barca, fece un cenno verso
il mare come per indicare la posizione della goletta e poi giù
lungo il limite della scogliera pronunciando le parole *Espirito
Santo* in modo strano ma non al punto da renderle incom-
prensibili. Dunque avevo avuto ragione con le mie congettu-
re: la pretesa indagine storica non era stata che una copertura
per la ricerca del tesoro; l'uomo che aveva ingannato il Dr.
Robertson e lo straniero che in primavera si era recato a Grisapol erano la stessa persona, e ora, con tanti altri, giaceva
morto sotto il *Roost* di Aros. Là li aveva condotti la loro avi-
dità, e là le loro ossa sarebbero state sballottate per sempre.
Nel frattempo il negro continuava a mimare la scena, ora
guardando in su, verso il cielo, come osservando l'avvicinarsi
della tempesta; ora impersonando il marinaio che faceva cenno agli altri di tornare a bordo; ora come uno degli ufficiali,
correndo lungo le rocce e saltando nella barca; e ancora, curvandosi su remi immaginari come un vogatore frettoloso: ma
tutto con quello stesso contegno solenne, tanto che non fui
mai neppure tentato di sorridere. Infine, con una pantomima
impossibile da rendersi a parole, mi descrisse come anche lui

fosse salito a esaminare il relitto arenato, e con suo dispiacere e indignazione fosse stato abbandonato dai suoi compagni. Quindi incrociò ancora una volta le braccia e chinò la testa, come chi accetti il proprio destino.

Una volta chiarito il mistero della sua presenza, gli feci sapere, sempre ricorrendo ai gesti, il destino del vascello e di tutti quelli che vi si trovavano a bordo: lui non mostrò sorpresa né dispiacere, e sollevando d'un tratto la mano aperta, parve voler rimettere i suoi precedenti amici, o padroni (o chiunque fossero) alla volontà di Dio. Mi prendeva rispetto per lui, e più lo osservavo, più si rafforzava. Vidi che aveva un animo e un carattere equilibrato e severo, come le persone con cui mi piaceva essere amico; e prima ancora di raggiungere la casa di Aros avevo quasi dimenticato, e completamente accettato, il suo insolito colore.

Raccontai a Mary tutto l'accaduto, senza nulla tacere, anche se devo ammettere che il cuore mi mancava; ma avevo avuto torto a dubitare del suo senso di giustizia.

«Hai agito bene», disse. «Sia fatta la volontà di Dio.» E subito tirò fuori un po' di carne per sfamarci.

Non appena fui sazio, ordinai a Rorie di tenere d'occhio il naufrago, che stava ancora mangiando, e mi avviai di nuovo alla ricerca di mio zio. Non avevo fatto molta strada che lo vidi, seduto nello stesso posto, sulla collinetta più elevata e, apparentemente, nell'identico atteggiamento di quando lo avevo lasciato. Da quel punto, come ho già detto, la maggior parte di Aros e del vicino Ross si stendevano sotto di lui come una mappa, ed era chiaro che in tal modo teneva bene sotto controllo tutte le direzioni, perché la mia testa era a malapena spuntata dalla sommità della prima salita che già era balzato in piedi, girandosi come per fronteggiarmi. Lo salutai subito, cercando di usare come meglio potevo lo stesso tono e le stesse parole di sempre, quando venivo a chiamarlo per il pranzo. Non fece neppure un movimento di risposta. Andai un poco più avanti, e di nuovo tentai di attaccare discorso, con lo stesso risultato. Ma quando cominciai ad avanzare una seconda volta, le sue insane paure divamparono di nuovo, e sempre in silenzio, ma con velocità incredibile, si mise a scappare davanti a me lungo il crinale roccioso della collina. Un'ora prima era stanco morto, e io relativamente in forma; ma ora la sua energia era rinfocolata dal fervore della pazzia, ed era inutile che mi sognassi di inseguirlo. No, il solo tentativo, pensai, avrebbe potuto eccitare i suoi terrori e aumentare in tal modo l'infelicità della nostra situazione. Non mi restava altro che tornare a casa e fare il mio triste rapporto a Mary.

Lo ascoltò come aveva già fatto prima, calma e preoccupata; poi, invitandomi a coricarmi e a prendermi quel riposo di cui avevo così tanto bisogno, si avviò lei stessa alla ricerca del suo ottenebrato padre. A quell'età sarebbe stato normale che qualcosa mi togliesse l'appetito o il sonno. Dormii a lungo e profondamente; e mezzogiorno era già passato da un pezzo prima che mi svegliassi e scendessi al piano di sotto in cucina. Mary, Rorie e il naufrago negro stavano seduti accanto al fuoco in silenzio; mi accorsi che Mary aveva pianto. E davvero c'era motivo di piangere, come appresi subito. Prima lei, poi Rorie, erano andati a cercare mio zio. Sia l'una che l'altro lo avevano trovato appollaiato sulla sommità della collina, e ogni volta era rapidamente fuggito in silenzio. Rorie aveva tentato di inseguirlo; ma invano, la pazzia prestava un nuovo vigore ai suoi balzi: saltava da una roccia all'altra sopra i crepacci più terribili, filava come il vento lungo i crinali delle colline, scartava e zigzagava come una lepre davanti ai cani; e Rorie alla fine aveva rinunciato: l'ultima volta che lo aveva visto, stava di nuovo seduto sulla cresta di Aros. Perfino durante i momenti cruciali dell'inseguimento, perfino quanto il domestico, col suo passo veloce, per un attimo era stato lì lì per catturarlo, il povero folle non aveva emesso un suono. Scappava, silenzioso come una bestia, e quel silenzio aveva finito per spaventare il suo inseguitore.

In tutta la situazione c'era qualcosa che spezzava il cuore. Come catturare il pazzo, come nutrirlo nel frattempo e cosa farne dopo averlo catturato: ecco i tre problemi che ci si presentavano da risolvere.

«Il negro», dissi, «è la causa di questo attacco. Può anche darsi che sia la sua presenza qui in casa a tenere mio zio sulla collina. Noi abbiamo fatto quello che dovevamo fare: sotto questo tetto è stato sfamato e riscaldato. Ora propongo che Rorie gli faccia attraversare la baia con la barca e lo accompagni, attraverso il Ross, fino a Grisapol!»

Mary approvò calorosamente la proposta; e dopo aver fatto cenno al negro di seguirci, scendemmo tutti e tre sino al piccolo molo. Ma certo, il volere del Cielo si schierava contro Gordon Darnaway; era accaduta una cosa senza precedenti ad Aros: durante la bufera la barca aveva spezzato gli ormeggi, e sbattendo contro la superficie ruvida e scheggiata del molo, giaceva ora sotto più di un metro d'acqua con un fianco sfondato: sarebbero stati necessari almeno tre giorni di lavoro per farla galleggiare di nuovo. Ma non mi diedi per vinto. Condussi l'intero gruppo nel punto dove il ramo d'acqua era più stretto, nuotai fino dall'altro lato e invitai il negro a seguirmi. Con i gesti, con la stessa chiarezza e pacato come sempre, lui mi spiegò che non sapeva nuotare; e dai suoi segni traspariva la verità, a nessuno di noi venne in mente di dubitare che fosse sincero. Essendo sfumata anche questa speranza, dovemmo tornarcene tutti alla casa di Aros esattamente come eravamo venuti, con il negro che camminava in mezzo a noi senza alcun imbarazzo.

Tutto ciò che potemmo fare quel giorno fu un altro tentativo di comunicare con lo sventurato pazzo. Di nuovo lo vedemmo sul suo osservatorio, di nuovo fuggì in silenzio. Gli lasciammo almeno del cibo e un grosso mantello per suo conforto; inoltre, era spiovuto e la notte prometteva di essere perfino tiepida. Pensammo di potercene restare tranquilli fino all'indomani: il riposo era la cosa più necessaria per darci l'energia adatta a sostenere delle fatiche eccezionali, e visto che nessuno aveva voglia di parlare, ci separammo piuttosto presto.

Rimasi a lungo sveglio, elaborando un piano d'azione per l'indomani. Avrei piazzato il negro dalla parte di Sandag, da dove avrebbe potuto dirigere mio zio verso la casa; Rorie a ovest e io a est avremmo completato il cordone meglio che potevamo. Più ripensavo alla conformazione dell'isola, più mi sembrava possibile, anche se difficile, costringere mio zio a scendere giù in piano, presso Aros Bay; e una volta lì, c'era poco da temere un'ulteriore fuga, anche con la forza della sua pazzia. Facevo conto sul suo terrore nei riguardi del negro: ero infatti sicuro che, per quanto potesse correre, non sarebbe mai corso verso l'uomo che, nella sua mente, era tornato dal mondo dei morti; in tal modo, almeno un punto dell'accerchiamento sarebbe stato sicuro.

Infine mi addormentai, ma solo per essere risvegliato, poco dopo, da un sogno popolato di naufragi, negri e avventure sottomarine: mi ritrovai così scosso e febbricitante che mi alzai, scesi le scale e uscii all'aperto, davanti alla casa. Rorie e il negro dormivano insieme, in cucina; fuori, era una notte stupenda, chiara di stelle, con qualche nube ancora sospesa qua e là, ultimo strascico della tempesta. La marea era quasi al suo massimo e i *Merry Men* rumoreggiavano nella quiete della notte senza vento. Mai, neppure al colmo della burrasca, avevo udito il loro canto con maggior timore. Adesso, tornati i venti all'ovile, quando il mare profondo si stava cullando di nuovo nel suo torpore estivo, ora che le stelle facevano piovere la loro luce gentile sulla terra e sulle acque, la voce di quei frangenti di marea si levava ancora a chiedere disastri. Sembrava davvero che appartenessero al male del mondo e al lato tragico della vita. Ma il loro clamore insensato non era l'unico suono che rompeva il silenzio della notte: potevo udire, ora acuta e penetrante, ora quasi soffocata, la nota di una voce umana che accompagnava il fragore del *Roost*. La riconobbi per quella di mio zio, e mi assalì una grande paura del giudizio divino e del male del mondo. Tornai di nuovo dentro, nell'oscurità della casa, come in un rifugio, e mi distesi nel letto meditando su questi misteri.

Era tardi quando mi svegliai di nuovo: mi vestii in tutta fretta e scesi di corsa in cucina. Non c'era nessuno. Rorie e il negro si erano allontanati di soppiatto, molto prima. A quella scoperta sembrò che il cuore mi si fermasse. Potevo fare affidamento sul cuore di Rorie, ma non riponevo alcuna fiducia nel suo discernimento; se era uscito così, senza una parola, era chiaro che aveva intenzione di rendere qualche servizio a mio zio. Ma che servizio poteva sperare di rendergli da solo, o, ancora peggio, in compagnia dell'uomo nel quale mio zio incarnava tutte le sue paure? Anche se non ero troppo in ritardo per impedire qualche sciagura mortale, era chiaro che non dovevo indugiare oltre. Mentre ancora formulavo questo pensiero stavo già uscendo di casa, e sebbene abbia corso tante volte per gli aspri pendii di Aros, non ho corso mai come in quel fatale mattino. Non credo che impiegai più di una dozzina di minuti per l'intera salita.

Mio zio non era più sul suo osservatorio; il cestino, però,

era stato aperto con violenza e il cibo sparpagliato sull'erba, anche se, come scoprimmo dopo, non ne aveva assaggiato neppure un boccone. In tutta quell'ampia visuale non si scorgeva altra traccia di esistenza umana. Il giorno aveva già riempito il cielo chiaro, il sole splendeva in un bagliore roseo sulla vetta del Ben Kyaw; ma sotto di me le scabre alture di Aros e lo specchio del mare erano immersi nella penombra indistinta dell'alba.

«Rorie!», gridai; e poi ancora «Rorie!»; ma la mia voce si spense nel silenzio senza ottenere risposta. Se davvero c'era in atto una spedizione per catturare mio zio, a quanto pareva gli inseguitori non facevano assegnamento sulla velocità delle gambe, ma nella destrezza dell'agguato. Corsi avanti più in fretta che potevo, guardandomi a destra e a sinistra, e mi fermai soltanto quando fui sull'altura che sovrasta Sandag. Di lì potevo scorgere il relitto, la striscia di sabbia allo scoperto, le onde che si infrangevano pigramente contro il lungo sperone roccioso, e da entrambi i lati il cumulo di colline, massi e crepacci dell'isola. Ma ancora nessun essere umano.

Di colpo, la luce del sole cadde su Aros, portando alla vita ombre e colori. Neppure mezzo secondo dopo, proprio sotto di me, a ovest, delle pecore cominciarono a sparpagliarsi come in preda al panico. Si udì un grido. Vidi mio zio che correva. Vidi il negro saltare su e inseguirlo velocemente; e prima ancora che avessi il tempo di capire, anche Rorie era comparso, urlando istruzioni in gaelico, come a un cane che debba radunare il gregge.

Mi misi a correre per intervenire, ma forse avrei fatto meglio ad aspettare dov'ero, perché mi trovai a essere l'elemento che chiudeva l'ultima via di fuga al mentecatto. Da quel momento non trovò altro davanti a sé che la tomba, il relitto e il mare di Sandag Bay. Eppure il cielo sa se quello che feci non era per il meglio.

Mio zio Gordon vide in quale direzione, orribile per lui, la caccia lo stava sospingendo. Si gettava a destra e a sinistra con rapidi scarti; ma per quanto la febbre gli bruciasse alta nelle vene, il negro era sempre più veloce: da qualsiasi parte si volgesse, veniva sempre preceduto, sempre spinto verso la scena del suo delitto. All'improvviso si mise ad urlare forte, tanto che la costa ne rimandò l'eco; e ora sia io che Rorie stavamo gridando al negro di fermarsi. Ma tutto fu vano, perché era scritto altrimenti. L'inseguitore correva sempre, la preda ancora scappava davanti a lui, urlando: schivarono la tomba e passarono rasente al fasciame del relitto. In un batter d'occhio avevano attraversato la spiaggia e ancora mio zio non si fermava, ma si buttava diritto tra i marosi; e il negro, che ormai era vicino quasi a toccarlo, lo seguiva sempre a gran velocità. Rorie e io ci arrestammo, perché ormai la cosa era fuori dalle mani dell'uomo, ed erano decreti di Dio quelli che si svolgevano dinanzi ai nostri occhi. Non vi fu mai conclusione più brusca. In quella spiaggia a picco si trovarono al primo balzo già dove non toccavano più; e nessuno dei due sapeva nuotare. Il negro tornò su una volta, per un attimo, con un grido soffocato; ma la corrente si impadronì di loro, correndo verso il mare aperto. Se mai tornarono a galla — e solo Dio potrebbe dirlo —, sarà stato una decina di minuti dopo, all'altra estremità del *Roost* di Aros, là dove gli uccelli marini si tuffano a pescare.

Indice

Tascabili Economici Newton, sezione dei Paperbacks
Pubblicazione settimanale, 24 aprile 1993
Direttore responsabile: G.A. Cibotto
Registrazione del Tribunale di Roma n. 16024 del 27 agosto 1975
Fotocomposizione: GI Grafica Internazionale, Roma
Stampato per conto della Newton Compton editori s.r.l., Roma
presso la Rotolito Lombarda S.p.A., Pioltello (MI)
Distribuzione nazionale per le edicole: A. Pieroni s.r.l.
Viale Vittorio Veneto 28 - 20124 Milano - telefono 02-29000221
telex 332379 PIERON I - telefax 02-6597865
Consulenza diffusionale: Eagle Press s.r.l., Roma